NOUS SOMMES LES CHARDONS

Antonin Sabot

NOUS SOMMES LES CHARDONS

Roman

Préface d'Agnès Ledig

Terres de France

PRESSES DE LA CITÉ

92, avenue de France – 75013 Paris

ISBN 978-2-258-19412-0
Dépôt légal : octobre 2020

Presses de la Cité un département **place des éditeurs**

place des éditeurs

A Julia, qui me retient dans le monde des humains

De la peau qui tourne au vent de nuit
et bourdonne comme un tambour,
des larmes de sang noir pleurent dans l'herbe.

Jean Giono, *Colline*

Préface d'Agnès Ledig

Ce livre est une histoire de lien.

Le lien de filiation, entre un fils et son père, que rien ne peut effilocher, pas même l'ultime destinée.

Le lien d'amour, qui naît et croît comme une évidence, telle une jeune pousse qui cherche le soleil, mue par une force inscrite en elle.

Le lien, enfin, de l'homme et de la nature. Présente, puissante, réconfortante, celle-ci s'invite tout au long du chemin de ce jeune homme qui, en cherchant son père, se trouve lui-même.

A la fois tranchante et poétique, la plume d'Antonin Sabot, qui signe là son premier roman, est efficace et généreuse.

Dans les pas de Jean Anglade, qui savait comme personne raconter la vie de gens ordinaires en sublimant leur quotidien, nul doute qu'un avenir littéraire se dessine pour ce jeune auteur bourré de sensibilité.

C'est en tout cas ce que je lui souhaite.

I

1

Premier jour sans le père

Je viens seulement de me rendre compte que le père est mort. Là, à la veillée. Il est assis à table devant la soupe grasse que je lui ai servie, mais il ne la touche pas et a un regard absent que je ne lui ai jamais vu. Un regard dur, ça ne m'alerterait pas. Ça, je lui connais. Avec une flamme sombre qui semble lui remonter des entrailles et qu'il est prêt à jeter sur vous sans un mot, qu'elle vous consume tout entier. Il aurait pu me lancer ce type de reproche muet si ce que j'avais cuisiné n'était pas à son goût ou qu'on n'avait pas assez rentré de foin pour les bêtes ou de bois en prévision de l'hiver. Il a tout un tas de raisons à lui pour adresser des reproches. Mais ce regard vide, ça ne lui ressemble pas.

« Oh, le père ! Y a quelque chose qui va pas ? »

Il ne répond pas. Pas même un grognement, comme il fait parfois. Ses larges épaules sont basses.

Plus basses encore que la fois où il avait dû ramener, en la portant presque, une vache qui s'était abîmé une patte au pâturage et qui ne pouvait pas rentrer seule. Il avait fallu l'abattre un peu plus tard, car elle ne pouvait plus sortir de l'étable. Ce soir-là aussi, ses épaules étaient basses, au père, et il n'avait pas eu besoin de beaucoup de mots pour dire son dépit. De toute façon, ce n'est pas un bavard. Une force de la nature ça oui, mais pas un bavard à jacasser en permanence et à se vanter, comme certains voisins qui passent rendre visite une fois de temps en temps et qu'il accueille comme il se doit, mais sans trop d'hospitalité non plus, histoire de ne pas leur donner envie de revenir trop souvent. Il dit « C'est bien, la compagnie », quand ils sont assis à boire sa gnôle, « Mais ça doit être un plaisir qu'on savoure à petite dose », ajoute-t-il, une fois qu'ils sont partis.

Ainsi donc, il est là ce soir, à ne rien dire et à ne rien manger, à ne rien regarder vraiment non plus. Son regard ne s'attache à rien. Et lorsque je passe derrière lui, pour aller ranger le fromage dans la petite pièce qui nous sert de garde-manger, je vois son pull et sa chemise déchirés, collés à sa peau par un suint noir et brillant. Et en dessous, un grand trou, bien entre les omoplates, et qui descend jusqu'à la moitié du dos. La chair en dedans est déjà brune et sèche. Comment ai-je pu louper ça ? Vu la couleur de la plaie, ça fait bien deux ou trois jours qu'elle lui barre le dos. Je me revois m'interroger, il y a trois jours justement, à propos de sa veste déchirée. Sauf que ça ne suintait pas comme ça à ce moment-là. Et puis je m'étais dit que ça lui ressemblait bien, au père, de garder des vêtements tout abîmés et de se moquer de l'air que ça lui donne. Ensuite, il devait aller voir son amie Marie-Louise, alors je n'y ai plus pensé. Ce n'est qu'aujourd'hui qu'on s'est revus.

Je reste un instant interdit, les yeux fixés sur le trou horrible et sale. Je cours dans la remise chercher une bouteille de gnôle pour désinfecter ça, peut-être même qu'il reste une vraie bouteille d'alcool de pharmacie, encore plus fort et vraiment fait pour, parce que j'ai beau ne pas m'y connaître en médecine, je sais tout même qu'une blessure, il faut la désinfecter pour ne pas que la fièvre s'y mette.

Quand je reviens dans la pièce, le père n'y est plus. Il ne reste que la chaise tirée devant le bol de soupe tiède et un morceau de pain auquel nul n'a touché. Sur la chaise, il y a une fine couche de poussière comme si personne ne s'était assis dessus. Je ne sais pas comment je note tout ça. Sûrement que mon cerveau va plus vite que d'habitude et je remarque plein d'infimes détails pendant que je cours vers la porte, voir s'il n'est pas sorti et n'a pas besoin d'aide, que je le rentre et le couche, comme lui pour la vache blessée. Non pas exactement pareil, parce qu'ensuite il avait fallu la tuer et on ne fait pas comme ça pour les gens, surtout pas pour son propre père. Je pousse la porte et regarde au-dehors. La seule présence est celle des étoiles qui scintillent. « Plus fort que partout ailleurs », dit parfois le père, même que je ne comprends pas comment les étoiles peuvent briller moins fort à des endroits et plus à d'autres. Mais cette nuit, elles brillent très fort, car il n'y a pas encore de lune.

Il me faut un moment pour habituer mon regard et observer alentour si je ne le vois pas, si en plus de sa blessure, il n'y aurait pas la folie qui l'aurait pris et il serait parti marcher dans la forêt avec dans le dos un trou grand comme la main. Il vaudrait mieux qu'il se repose, plutôt que battre la campagne. En regardant tout autour, je crois apercevoir une ombre à la lisière des bois, au bout de la clairière dans laquelle est plantée notre maison, là où nous menons parfois paître nos vaches, mais pas trop souvent, car le sol n'est pas bon, plein de pierres qui font de sournoises buttes sur lesquelles elles pourraient se blesser et l'herbe n'y pousse pas bien. Il n'y a que des genêts et des prunelliers avec de longs piquants contre lesquels on se bat lorsqu'on en a la force, mais qui finissent toujours par gagner et par revenir. Je pars en courant vers l'ombre en appelant, « Oh, le père ! », du plus fort que je peux, et manque de m'étaler en heurtant une pierre. Arrivé à l'orée du bois, je n'aperçois plus la moindre ombre. On dirait que le père s'est volatilisé, et je sais que je ne le rattraperai pas, il connaît la forêt comme sa poche et, s'il a décidé de rester seul, il peut se débrouiller pour ne pas être retrouvé.

En rentrant dans le noir, je me souviens de ce que racontait la vieille Mado les jours où on allait lui porter un fromage, une fois par mois, et aussi un peu de gnôle quelquefois. Elle habite dans la vallée d'à côté, un hameau de cinq maisons où tout le monde est soit mort, soit parti à la ville. Les derniers à s'en aller avaient voulu l'aider à déménager, l'emmener chez quelque cousin qui vivait moins loin de la civilisation. Ils affirmaient que ça serait mieux pour elle en cas de problème, alors que les plus proches voisins, nous, habitions à trois heures de marche, autant dire inatteignables en cas d'urgence, et, même si elle arrivait jusque chez nous, il faudrait deux heures de plus pour rejoindre le bourg. Ils avaient insisté pour qu'au moins elle demande l'installation d'une ligne de téléphone, même s'ils se doutaient bien que jamais l'administration n'irait équiper un hameau aussi reculé et voué à la disparition. De toute manière, elle n'avait rien voulu entendre. Maintenant que son mari était mort, répondait-elle, que pouvait-il bien lui arriver de pire que de partir le rejoindre ?

Sauf que ce n'est pas elle qui l'a rejoint, mais lui qui lui rendait visite, racontait-elle en riant. Elle nous disait que, parfois, il venait dans la minuscule pièce aux murs tout en bois clair qui lui servait à la fois de cuisine et de chambre, avec dans un coin son fourneau, dans lequel elle mettait une bûche après l'autre pour chauffer sa soupe, et à côté un réduit, une niche, sous l'escalier, qu'on aurait pu prendre pour un petit garde-manger si ce n'était la couverture rouge-violet, teintée au jus de cassis, qui montrait que c'était son lit, avec au-dessus, accrochées, une vieille publicité jaunie pour une cocotte-minute et une carte postale de Lourdes envoyée par sa nièce il y a bien longtemps. Ainsi donc, son mari venait lui rendre visite, à l'heure du dîner, à l'heure où avant qu'il soit mort il rentrait des champs. Il se tenait assis à table comme s'il attendait de manger la seule soupe que faisait toujours la Mado, avec une pomme de terre, des orties, et de larges feuilles duveteuses de consoude qui donnent un goût de poisson ; mais il ne parlait pas, il ne mangeait pas.

La première fois, ça faisait bien déjà cinq ans qu'il était mort. Il était revenu juste après le départ des derniers voisins. Elle avait eu peur, bien sûr. Mais elle avait vite vu que le fantôme ne lui voulait aucun mal, qu'il restait simplement là, à la regarder affectueusement, par-dessous son béret sale, celui qu'il avait toujours porté et qui, à la longue, l'avait rendu chauve sur le dessus du crâne, mais ça n'était pas bien grave, il ne l'enlevait presque jamais, ce béret, seulement lorsqu'il allait à la messe, ce qui n'arrivait qu'à Noël et pour le 15 août. Tant pis pour les cheveux. Il souriait silencieusement derrière sa moustache toute fine, ça lui faisait une mine espiègle. D'ailleurs, croyait la Mado, il n'avait pas l'âge de quand il était mort, lorsqu'une vache devenue folle lui avait marché dessus et brisé une côte qui lui était rentrée dans le poumon et qu'il s'était étouffé là, tout près, à l'étable. Il était plus jeune, comme lorsqu'ils s'étaient rencontrés à un bal, là-bas dans la vallée, et qu'elle avait vite déménagé de chez ses parents pour le rejoindre puisqu'à l'époque on ne pouvait pas faire autrement si un enfant s'annonçait. Même si ensuite elle l'avait perdu, mais ça, c'était une autre histoire et elle n'aimait pas trop en parler.

En tout cas, elle avait vite compris que son mari était revenu pour une bonne raison. Elle était seule au village désormais et il lui fallait quelqu'un pour veiller un peu sur elle. Elle aimait ça, disait-elle, revoir son époux par moments. Souvent, il venait des soirs où le cafard lui montait à la gorge de n'avoir vu personne depuis longtemps. Ça lui rappelait sa jeunesse de l'avoir à table qui la regardait tendrement. Elle aurait préféré pouvoir lui prendre la main et lui parler un peu, mais ça lui faisait déjà du bien de savoir qu'il pensait toujours à elle.

Est-ce que c'est pour la même raison que le père n'a pas disparu tout de suite quand il est mort ? Pour que je ne me retrouve pas tout seul ? Est-ce qu'il se dit que j'ai encore besoin de quelqu'un pour me guider à la ferme ? Pourtant, depuis un moment déjà, il n'a plus grand-chose à m'apprendre quand je mène les vaches à l'alpage, qu'on prépare le fromage ou qu'on s'occupe du potager. Dans les bois, je me débrouille presque aussi bien que lui pour distinguer les plantes comestibles des toxiques, piéger des lièvres ou savoir quel arbre on peut abattre sans perturber l'équilibre.

Mais aussi, pourquoi est-ce qu'il s'enfuit, maintenant ? Est-ce qu'il est venu me rassurer, me signifier que bien qu'il soit mort je ne devrais pas avoir peur, pas partir en laissant notre maison à l'abandon, mais continuer à m'en occuper comme lui l'avait toujours fait ? Ici, on ne plaisante pas avec la mort des gens et encore moins avec leur réapparition. Si les morts ne partent pas, c'est qu'ils veulent dire quelque chose. Mais pour le moment, le message du père, je ne le comprends pas et je vais me coucher l'esprit plein de toutes ces questions.

Je me retrouve seul dans notre petite chambre où il y a plus de place pour les livres que pour nos lits. « On a découvert l'isolation par les livres », plaisante parfois le père qui adore les regarder, tout serrés et qui emplissent l'espace jusqu'au plafond. Ce soir, je n'ai pas la force de lire comme on le faisait ensemble, chacun dans notre coin à commenter nos lectures respectives tandis que la nuit avançait et jusqu'à ce que l'un de nous deux s'endorme. Moi en premier, au début, et puis lui, de plus en plus souvent ces dernières années. J'ai dans le ventre un pincement que je n'explique pas, et de voir tous ces livres, ça me fait tout drôle. Comme si c'était eux qui rappelaient le père. Aussi, demain, il faudra que j'aille voir les gendarmes pour leur raconter tout ça. Je sombre dans le sommeil et rêve d'immenses forêts.

2

Deuxième jour sans le père

Les gendarmes ont fait des yeux comme des soucoupes quand je leur ai raconté mon histoire et m'ont demandé de la répéter quatre fois. A la fin, j'insistais beaucoup moins sur la présence muette du père à table et j'ai senti que ça les rassurait un peu, qu'ils écrivaient plus facilement sur leur ordinateur si je ne parlais pas de la course dans la nuit à la poursuite d'un mort, ou bien des fenaisons qui n'avançaient pas aussi vite qu'elles auraient dû parce que le père avait beau prendre du foin avec sa fourche et le mettre sur notre charrette, il semblait y en avoir toujours autant au sol.

Les gendarmes, c'est pas des gens d'ici. Je veux dire, c'est des gens des plaines, souvent, et ils ne comprennent pas ce qui peut se passer chez nous. On ne peut pas leur expliquer que l'air n'est pas pareil qu'ailleurs, comme disait la Mado devant mon père se fendant d'un sourire entendu, pas la peine d'expliquer plus, je devrais le découvrir par moi-même. Derrière ceux qui m'interrogeaient à tour de rôle, il y avait tout un groupe de gendarmes qui, tour à tour, me regardaient et se mettaient des bourrades dans les côtes. Mais je me répétais, ils sont pas d'ici, ils savent pas, et j'adoucissais mon histoire. Un seul rigolait moins que ses collègues, le jeune qui m'avait interrogé en premier et avait un accent corse. Il ne riait pas lorsque je lui ai raconté les histoires de la plaie que j'avais vue en passant derrière le père et de la fuite dans la nuit. Au contraire, il avait plutôt eu l'air un peu effrayé, comme si ça lui rappelait quelque chose, et il était parti chercher un supérieur. C'est pour ça qu'ils m'ont demandé de répéter plusieurs fois. Rejoint par les autres dans la pièce du fond, il ne rigolait pas vraiment et d'ailleurs, les autres, je me demande s'ils se foutaient de moi ou bien de lui qui avait l'air de me croire.

Ils ont fini par en savoir assez et sont sortis avec moi. Dehors tout un attroupement s'était formé, des personnes qui m'avaient vu arriver seul au village ce matin. Elles nous connaissaient, le père et moi, et savaient que je ne descendais jamais sans lui. Elles voulaient savoir ce qui se passait pour que j'aille directement à la gendarmerie sans déposer des fromages à l'épicerie générale.

« Jean-Claude Tournier a disparu », a dit le capitaine aux habitants du village.

Moi je me demandais pourquoi il ne disait pas « mort », mais je n'ai rien laissé paraître, ça devait être une façon de parler de gendarmes.

« Son fils Martin nous a prévenus qu'il n'est pas revenu depuis plusieurs jours dans leur ferme, mais ne vous inquiétez pas, nous allons partir à sa recherche sans plus tarder. » Et moi, je me disais à moi-même qu'ils pouvaient courir. Si le père avait décidé de disparaître, eh bien ce n'étaient pas ces hommes, ignorants de la montagne, qui allaient le retrouver. Mais, à nouveau, j'ai gardé ça pour moi, excédé de voir ces types qui ne m'écoutaient qu'à moitié et qui ne voulaient entendre que ce qui les confortait dans leur petite vision du monde.

Ils m'ont ramené en bas de l'alpage en 4 × 4, puis m'ont accompagné à pied jusqu'à notre ferme. Le plus vieux, pourtant pas plus âgé que le père, la cinquantaine, mais un peu gras, soufflait telle une vache à l'agonie. Ça me peinait presque pour lui. Mais aussi ça me faisait plaisir. Je me disais qu'ainsi il comprendrait peut-être ce que disait la Mado, que l'air, ici, n'est pas pareil, à commencer qu'il y en a moins et qu'il faut en respirer plus pour que les muscles et le cerveau continuent à bien fonctionner. La montagne aime que l'on se promène sur elle, mais il y a certaines règles que l'on doit respecter pour qu'elle l'accepte, disait mon père. Par exemple, ne pas venir en voiture. Il faut sentir la pente dans ses muscles et dans ses poumons, c'est ça qui amène le cerveau à comprendre qu'il n'est plus dans la plaine. Sinon, la montagne voudra se venger. Le gros gendarme avait failli merder en suggérant de monter tout en 4 × 4, mais puisque de toute façon on ne pouvait pas se rendre par là où nous habitions en voiture, il avait bien été obligé de se conformer aux règles. Il ne s'en doutait pas, maintenant qu'il en chiait, mais en réalité, c'était mieux pour lui.

Ils sont entrés dans la partie de la ferme où on loge, avec le père. Avant, ça n'était qu'un pauvre abri de berger, mais il l'a agrandi et consolidé si bien qu'on l'appelle toujours « la cabane » mais que ça ressemble presque à une petite maison maintenant. Ils m'ont demandé si le père n'avait pas écrit une lettre avant de partir, ou laissé entendre qu'il s'en allait. Vu que je leur avais dit qu'il était mort, ça m'échauffait un peu leur façon de ne pas me croire. En plus, je commençais à m'en vouloir d'être allé les voir. J'en venais à penser qu'ils n'allaient pas pouvoir m'aider et puis, surtout, je me rappelais que le père considérait notre bout de baraque comme un refuge, comme notre lieu à nous où nul ne pouvait venir sans notre accord, où nous ne devions n'amener que ceux qui comptent pour nous. J'avais l'impression d'avoir trahi sa volonté.

Ils ont fouillé les tiroirs d'une commode dans laquelle traînaient les papiers du père, ont jeté un œil à notre chambre et aux différentes pièces, mais la partie que nous habitons n'est pas grande et ça ne leur a pas pris longtemps. A cette heure, une battue devait avoir démarré dans la forêt entre la route et chez nous, qui se poursuivrait ensuite vers le village au cas où « Monsieur Tournier », comme ils appelaient le père, serait tombé d'une falaise ou aurait eu un malaise et serait toujours allongé quelque part. Et si cela restait sans résultat, ils enverraient peut-être un hélicoptère pour aller voir plus haut dans la montagne. Moi, je savais que « Monsieur Tournier » n'était pas dans une crevasse, pas plus qu'il n'avait eu de malaise. Il ne pouvait pas choisir une manière simple de mourir, et surtout, il n'aurait pas voulu qu'on le trouve facilement. Toute sa vie, il avait voulu être difficile à cerner, à repérer. Sinon pourquoi est-ce qu'il serait venu dans cette cabane alors qu'il habitait à Paris ? m'avait-il raconté une fois. Tout seul ici plutôt qu'au milieu de plein de monde là-bas, et qu'il aurait pu devenir « une pointure », ainsi que j'avais entendu quelqu'un le souffler, une fois où il avait pris la parole à la mairie quand un type des « services de l'Etat » était venu présenter un projet de barrage sur le torrent en bas de la vallée et que le père lui avait cloué le bec. Une pointure de quoi, je ne sais pas, mais il aurait pu, disait-on. Et tout le monde était venu le féliciter pour ce qu'il avait dit, et bien que l'année suivante le barrage ait fini par se construire, au moins on avait protesté, disaient les gens, montré que cette décision ce n'était pas de la « concertation », contrairement à ce que les autorités essayaient de dire, mais bien un état de fait. A part devenu très vieux, et s'il était mort dans son lit, il n'aurait jamais laissé quiconque qu'il n'aimait pas le trouver, et même à ce moment-là, ce n'est pas sûr qu'il aurait laissé ça arriver. Il aurait sûrement eu le moyen d'échapper aux regards. Alors eux, des types qui soufflaient comme des vaches à la moindre montée, ils n'avaient aucune chance. Peut-être que la montagne le protégerait contre ceux qui monteraient en hélico. Le père n'avait rien dit à ce propos, mais si la montagne ne supporte déjà pas les voitures, je préfère ne pas savoir ce qu'elle pense des hélicoptères.

Après avoir un peu tout fouillé, les gendarmes sont sortis appeler leurs collègues par radio.

Ils sont partis en disant qu'ils viendraient me voir aussitôt, que je ne m'inquiète pas, ils retrouvent toujours ceux qu'ils cherchent. Je ne sais pas pourquoi, mais ils ont eu un regard menaçant, à dire ça. Comme si on n'avait pas le droit de disparaître.

La fin de la journée est passée vite. Je devais rentrer du foin puis m'occuper des bêtes. Je n'ai pas eu le temps de penser au père jusqu'au soir, où je suis resté vraiment tout seul. La journée, de toute manière, on a souvent l'impression d'être seul même s'il y a quelqu'un. On a beau travailler parfois côte à côte, chacun est plongé dans ses pensées. C'est le travail manuel qui fait ça. Les idées nous emmènent au loin. Le corps travaille là, les pieds bien au sol, mais l'esprit reste tout frais et part se promener sur les sommets autour.

Parfois, on réfléchit à des idées intelligentes lues la veille, on a l'impression de comprendre sans mettre complètement le grappin dessus. Elles deviennent claires, mais ne restent pas. Et ça n'est pas grave, affirmait le père, puisque c'est par ces chemins que se construit la pensée, en divaguant, en partant voleter sur les cimes à imaginer les belles fleurs qui y poussent, pratiquement hors d'atteinte, et que nul ne voit jamais. Et la question c'est de savoir, alors, pour qui elles poussent. Je m'imagine transformé en un aigle qui nous survole, et je vois des humains minuscules en bas qui mènent des vaches ou portent du bois. Il faut parfois se prendre pour un aigle pour comprendre sa condition d'humain.

Aujourd'hui, je n'ai pas l'occasion de me prendre pour un oiseau et pourtant je crois bien comprendre ce qu'implique être un homme, et c'est que si je veux manger ce soir et les suivants et pouvoir affronter l'hiver seul, il va falloir travailler double et ne compter que sur moi. C'est ce soir que cette pensée me frappe avec le plus d'acuité, en me rendant vraiment compte que le père n'est plus là. Je ne lui mets pas un bol pour la soupe pour le sentir auprès de moi. J'ai lu ça dans trop de livres pour me faire avoir, et je n'ai pas envie qu'il revienne déjà, avec les gendarmes pas loin. C'est comme si je l'avais dénoncé, l'accusais de sa propre mort et m'en plaignais à une autorité que toute sa vie durant il avait refusé de reconnaître. M'en remettre à elle, c'était une trahison au dernier instant, celui où au contraire on aurait dû être encore plus solidaires.

En allant me coucher, je suis partagé entre le soulagement qu'il ne m'ait pas vu le lâcher ainsi et la peur qu'il décide de ne plus revenir. Je m'endors et rêve que je marche au bord d'une longue falaise.

3

Troisième jour sans le père

Ce matin, les vaches, énervées, m'ont réveillé, car hier je n'ai pas eu le temps de les traire. On en a quatre qui donnent et une qui est trop jeune, mais ça demande beaucoup de boulot. Hier, c'était de trop et, ce matin, leurs mamelles sont bien pleines. Elles leur pèsent. Pas moyen d'y couper. En plus, elles sont perturbées de me voir. Normalement, c'était le père qui se chargeait d'elles au saut du lit.

« Eh oui, le père est parti, c'est moi maintenant qui m'occupe de vous. »

J'essaie de les calmer. Je crois qu'elles comprennent, et assez vite elles arrêtent de donner des coups de patte contre le seau à lait. La Blanche me regarde avec des yeux tout humides comme si elle savait que lorsque je dis « parti », en réalité ça veut dire « mort ». Elle a compris que le père ne viendra plus jamais lui flatter le col et la traire à l'aube, en hiver, où il y a parfois les bouses qui durcissent tellement il gèle. Certaines renâclaient un peu de temps en temps à cause de l'âpreté de la vie dans les hauteurs, devenaient un peu folles lorsqu'on leur enlevait leur veau ou faisaient des manières pour accueillir une nouvelle après qu'on avait envoyé l'une d'elles à la réforme. Mais il les aimait, ses vaches, le père. Et, lorsqu'il revenait de l'abattoir avec de la viande, il s'arrangeait pour la prendre d'une autre bête. Ça nous coûtait un peu plus cher, mais ça faisait que les nôtres ne sentaient pas la chair de leur camarade, sinon elles comprenaient ce qui allait finir par leur arriver un jour. Je crois qu'elles aussi elles aimaient bien le père. Parce qu'il était là pour elles. Il pensait que c'était en partie ça, le rôle des hommes. Que l'homme n'est pas une fin en soi et ne peut pas disposer de la nature comme il le veut. Mais qu'il n'est pas non plus un animal identique aux autres. « Les deux points de vue aboutissent à des situations pas tenables, argumentait-il en flattant le col de ses vaches. Soit à faire souffrir les bêtes parce qu'on serait trop supérieurs à elles, soit à les faire souffrir en les laissant toutes seules. » Lui, il aspirait à un rôle entre les deux. Il voulait être un homme qui s'occupe des animaux mais saurait les laisser tranquilles dès qu'ils le voudraient, et qui prendrait en compte leur caractère. C'est-à-dire que les aigles ou les loups, eux, ne veulent pas qu'on s'occupe d'eux, tandis que les vaches et les brebis, elles aiment bien ça. Et encore, on ne peut pas généraliser. Il y a des bêtes domestiques qui préfèrent rester seules. La Noire, qu'il appelait Ana, comme dans « anarchiste », était comme ça. Il blaguait et disait que c'était la syndicaliste du lot les jours où elle ne voulait pas se lever s'il faisait trop froid, ou qu'elle réclamait une plus grosse brassée de foin vers la fin de l'hiver. Souvent d'ailleurs, il l'écoutait et si je lui demandais pourquoi il leur avait donné plus à manger ce jour-ci, il souriait doucement et prétendait qu'il avait eu une réclamation des syndicats bovins. Bien sûr, s'occuper des animaux de cette manière, ça exige de la patience et du temps. « Pour observer et comprendre, faut pas être pressé », il expliquait. Pas plus pour produire que pour se déplacer. Lui, il aimait ça plus que tout, regarder et écouter, laisser les choses se construire en douceur, ne rien presser. Ce matin justement, j'entends le pic épeiche, pas trop loin, qui martèle contre un arbre. Je suis assis sur le seuil à boire le lait tiède de la Brune, et j'écoute le chant de la forêt.

« L'homme est fait pour écouter les oiseaux et pour leur donner des noms, disait le père, aujourd'hui, le bruit des machines est arrivé aux oreilles des gens et ils ne comprennent pas qu'ils en ont la migraine. Pourtant, c'est normal, nos oreilles sont faites pour entendre le vent dans les arbres et pas plus d'une ou deux voix à la fois. Mais les habitants des villes n'entendent plus rien, car ils sont assourdis par le bruit de la planète entière. » C'est de ça que le père avait voulu se préserver en venant habiter la montagne, en montant plus haut que les voitures, là où nul n'ose plus se rendre aujourd'hui. Il m'avait emmené là pour que j'apprenne à écouter autre chose que tout ce bruit, m'avait-il expliqué un jour où je lui demandais pourquoi on n'allait pas vivre ailleurs. Il avait pris cette question très au sérieux, même si moi, ces histoires de bruit, d'entendre et d'écouter ce qui arrivait au bout de la planète, ça me passait un peu au-dessus de la tête. Tout ce que je voulais, c'était des bonbons, car le fils d'un ami du village qui était venu nous rendre visite en avait apporté et j'avais trouvé ça extraordinaire, acide et sucré, plus goûteux que des mûres sauvages.

Le petit déjeuner avalé, j'ouvre grand la porte de l'étable et mène les vaches dans une prairie entourée par un muret de pierres. C'est la dernière à cette altitude. En montant un peu plus, on ne trouve plus que des alpages seulement délimités par les bois, les falaises et les crêtes des montagnes. Mais pour aujourd'hui, la prairie close ira très bien. Ça me fera du travail en moins et ça évitera aux vaches de partir chercher le père, car j'ai bien vu Ana qui jetait des regards au loin en sortant de l'étable et les autres aussi, qui levaient le museau pour humer l'air, rattraper l'odeur de leur maître dans le vent.

« Allez ! On y va ! »

Je les pousse un peu, car on n'a pas que ça à faire. Maintenant que le père n'est plus là, il va falloir que je m'occupe de tout, et le bois, il ne va pas se rentrer tout seul pour sécher.

Au moment de m'en aller, je jette un coup d'œil aux bêtes et je perçois comme un mouvement au fond du pré. Je me suis déjà détourné, mais une sorte de pressentiment me fait y revenir, je regarde par-dessus mon épaule, me tourne lentement, sentant mon cœur battre à sortir de ma poitrine. En haut, assis sur le muret près d'un hêtre bien seul à cette altitude, il y a le père qui regarde les vaches comme il aimait le faire aux beaux jours. Je reste interdit un instant et lui ne s'occupe pas de moi, ne donne pas l'impression de m'avoir remarqué, de savoir que je le vois. Je sais bien qu'il est mort, mais cela me semble tellement naturel, qu'il soit assis sur son mur au soleil, que je l'oublierais presque. Je me revois avant sa disparition, un jour où j'aurais pu mener les vaches dans ce pré, avec lui à mes côtés, puis le laisser à les contempler dans le calme du matin. Et c'est exactement ce que je fais. Je me retourne vers la ferme et le laisse derrière moi, mort ou vivant, peu m'importe, il est présent à mes yeux. Et puis surtout, j'éprouve une sorte de fierté en pensant que s'il est avec moi ce matin, c'est que les gendarmes n'ont pas réussi. Je m'imagine que mon père est une sorte de résistant face à un système qui vient nous dicter nos faits et gestes jusque dans notre mort. Après avoir lutté contre ces injonctions pendant toute sa vie, il n'allait pas les accepter dans la mort. Son corps est dans la montagne, telle une déclaration d'insoumission, et c'est moi qui le retrouverai quand l'heure sera venue.

En arrivant chez nous, heureux de savoir le père bien planqué, je vais pour couper un peu de bois. C'est le bon moment pour le fendre. Quand les gendarmes viendront, je serai là, à côté de la maison, pour les recevoir et j'aurai une bonne raison d'avoir une hache dans les mains sans qu'ils prennent ça pour une agression, mais ils comprendront bien que je ne les aime pas. Je me rêve en résistant qui défendrait le corps de son père mort. J'arrête assez vite, sachant qu'entre ce qu'on voudrait bien faire et ce qu'on fait vraiment il y a souvent une grande différence. Dans le coin, on a pour habitude de juger les gens sur leurs actes plus que sur leurs paroles. C'est pour ça que l'on s'attelle avec obstination aux tâches quotidiennes. Ce n'est pas par maniaquerie ou par petitesse d'esprit, mais pour le socle qu'elles forment à la réflexion ensuite. Une fois que le travail du jour est abattu, que l'on a travaillé à sa propre survie, enfin, la pensée prend une vraie valeur. Pour l'instant, moi, je n'ai rien accompli, et ce que j'ai fait, c'était toujours dans l'ombre du père. Alors, il vaut mieux me remettre au bois et on verra bien comment j'accueillerai les gendarmes s'ils se montrent.

Couper du bois, ça n'a l'air de rien, mais c'est un geste essentiel. Lorsque je brandis le merlin avec sa tête brute et triangulaire, je me sens relié à des tas de générations précédentes. Bien sûr, en ville aujourd'hui, il y a l'électricité ou le gaz, mais nous, on n'a que ça pour se chauffer l'hiver ou pour cuire la nourriture. En reproduisant les gestes de ceux d'avant, on les respecte, on montre qu'on n'a pas tout oublié. Et puis, ce qu'il y a de bien avec le bois que l'on fend, c'est que l'on se chauffe deux fois. On se réchauffe en le brûlant, mais aussi en le coupant. Le bois, c'est le double d'énergie qu'il y a dedans, la sienne propre et la nôtre, qu'il réveille. En réalité, ceux qui n'ont que l'électricité ne font qu'augmenter la température de leur maison et ça, ça ne sert à rien, car les maisons n'ont pas froid. Alors que sortir fendre des bûches ça t'anime déjà tout le corps et, ensuite, tu brûles moins de bois.

Il y a une poésie qui dit « Qui abat un arbre errera à jamais dans les bois morts de l'au-delà », mais mon père explique qu'on a le droit si c'est pour allumer le poêle et lire au coin du feu. Peut-être que ce n'est pas un hasard si le papier des livres et le feu sont de la même matière, et qu'ils vous revivifient l'un comme l'autre. Une bûche que l'on fend, c'est une promesse de lecture.

En début d'après-midi, alors que je ne me suis même pas arrêté pour manger, j'aperçois les gendarmes monter la côte qui mène chez nous. Je ris un peu en voyant le gros d'hier qui, à nouveau, peine. Il appuie ses mains sur ses genoux pour pousser plus fort et ne pas se laisser distancer par ses collègues. Je me dis que, peut-être, il est content de cet exercice, qu'il se rend compte du bien que peut procurer la montagne si on ne la prend pas de haut et qu'on s'y laisse aller, qu'on renonce à avoir l'air propre sur soi, tout en contrôle. La vérité, c'est que c'est la montagne qui contrôle, et il ne faut pas essayer d'être supérieur à elle ni supérieur à quoi que ce soit d'ailleurs. Le gros gendarme a bien reçu le message et il a laissé tomber cet air qu'il affichait dans son bureau. Il a déboutonné sa chemise et depuis l'endroit où je me tiens je vois bien qu'il est tout rouge. J'ai le temps de fendre trois ou quatre bûches avant leur arrivée.

« Vous l'avez pas trouvé ! »

Au ton sur lequel je leur lance ça, tandis qu'ils reprennent leur souffle, on perçoit bien que ce n'est pas une question. Mais le plus jeune gendarme, qui garde un regard sérieux, répond comme si c'en était une :

« Non, c'est vrai. Mais nous allons continuer les recherches. Ailleurs. Nous verrons s'il n'a pas quitté la vallée et allons donner son signalement à nos collègues des localités alentour. »

Ça m'énerve qu'il dise ça de cette manière, avec à nouveau l'air de pas me croire. Qu'est-ce qu'ils imaginent, tous ? Qu'il m'aurait laissé tout seul, alors que c'est lui qui m'a amené ? Qu'il aurait fui la vie qu'il s'était construite et choisie ? Mon père m'avait dit un jour que si je voulais partir, si la vie ici ne me plaisait pas, j'étais libre, et nous pourrions vivre ailleurs. Mais j'avais tout ce que je voulais, quand j'étais enfant, et jamais je n'ai demandé à nous en aller.

« Il est mort. Je le sais, je vous dis. Alors pourquoi vous croyez qu'il est parti ? »

Je dois prendre un air qui ne leur plaît pas, car ils ont des yeux furieux et le gros, qui pendant la montée avait presque une mine sympathique, se renfrogne et répond :

« On ne peut pas l'affirmer. Même si elle laisse une lettre qui explique qu'elle va se suicider, nous, on ne dit pas qu'une personne est morte sans avoir de preuve. Donc, tant qu'on ne l'a pas retrouvé, quel que soit son état, ton père est parti et nous on le cherche, que ça te plaise ou non. Si tu découvres son cadavre, en revanche, tu dois nous indiquer où et on ira.

— C'est pas son corps que j'ai vu, je vous dis. Il était déjà mort, mais il est venu me rendre visite. » Et je crie presque sur eux : « C'est possible, ça, non, qu'il veuille juste me rendre visite ? »

Après leur départ, j'étais dans un état pas possible. Ils avaient attendu un peu pour répondre à ma question, et d'ailleurs ils n'y avaient pas répondu vraiment. Ils ont plutôt changé de sujet. Mon père expliquait que les personnes gênées, ou qui ne voulaient pas accepter une vérité qu'on leur soumettait, faisaient souvent ça et préféraient esquiver plutôt que s'opposer. Il pensait qu'il valait mieux quelqu'un qui se confrontait franchement plutôt qu'une personne qui évitait les questions, que si on ne répondait pas à la vérité on répondrait encore moins aux mensonges, et l'on finirait par accepter n'importe quoi. Les gendarmes, eux, ont éludé en me demandant comment ça se passait avec le père ces derniers mois et s'il allait plus souvent qu'avant au village ou s'il voyait des gens que je ne connaissais pas, et des questions de ce genre. Je ne me souviens plus de ce que je leur ai répondu, car j'étais hors de moi et je voulais que ça s'arrête. Je sentais qu'ils n'auraient pas dû venir ici et je voulais récupérer la maison pour moi tout seul, pour que mon père puisse revenir, que j'essaie de comprendre ce qu'il voulait, à la fin, à être là sans y être vraiment et à me faire passer pour un fou.

Dès que les trois types n'ont plus été en vue, j'ai contourné la ferme et j'ai marché droit devant moi vers la forêt. J'avais besoin de me sentir au milieu de la nature pour reprendre mes esprits. Ça faisait seulement deux jours que le père était mort, ou en tout cas que je m'en étais rendu compte, et tout était déjà chamboulé autour de moi. Est-ce que ça fait ça à chaque fois que quelqu'un meurt ? Est-ce que toute la vie change dès que quelqu'un s'en va et qu'on aura beau rester au même endroit à vouloir faire les mêmes choses, eh bien on ne peut pas parce que tout est différent ? Les larmes aux yeux, je marchais sur une piste d'animaux sauvages, des chevreuils ou des sangliers. Les sentes que les bêtes laissent, on les repère aux feuilles mortes légèrement écartées sur le sol, à quelques branches cassées de loin en loin, et puis elles se perdent un peu avant de se reformer, sans qu'on s'en rende compte, en suivant le niveau du terrain. Elles ne passent jamais où c'est le plus raide ou le plus périlleux, mais suivent la pente en douceur pour contourner les obstacles et les amas de roches affleurantes. Avec l'habitude, on peut les suivre presque naturellement. Mais on finit par les perdre de vue. Les bêtes finissent par trouver que la balade en leur compagnie a assez duré, ou elles se rendent compte que jusqu'à maintenant elles n'avaient pas été bien prudentes de marcher toujours sur la même sente. Et soudain, les traces que je suivais bifurquent.

Je souris en pensant au père et en me souvenant qu'il employait beaucoup ce mot, et qu'il expliquait au début, lors des visites des amis de sa vie d'avant, qu'il avait voulu bifurquer. Il était un peu comme un chevreuil, il avait bien aimé suivre une piste durant quelques années et ensuite il en avait changé, avait fait un pas de côté pour qu'on ne le retrouve pas. Et moi dans tout ça ? Quel chemin avais-je emprunté jusqu'à aujourd'hui ? Celui que le père m'avait tracé, c'est sûr, mais est-ce que ce n'était pas plutôt une mince piste d'animal en fuite, cherchant à remonter une rivière et à se placer sous le vent pour devenir insaisissable ? Est-ce que je n'étais pas en train de mener ma vie à l'envers et n'avais jamais eu le plaisir de suivre une voie tracée pour et par les hommes ?

Le sentier ouvert par le père est beau et sauvage. Il y a placé des balises, des « points de repère », disait-il en parlant des livres et des leçons qu'il me faisait apprendre. « De quoi savoir s'orienter », ajoutait-il. Mais s'orienter dans quoi ? Dans la forêt et à la ferme, je savais, et ce n'est pas là que j'aurais besoin du contenu de tous ces livres. Les livres peuvent bien sûr distraire ceux qui s'extraient hors du monde, ou veulent simplement s'en échapper, mais il y en a aussi qui sont des jalons. A quoi bon les lire en restant enfermé dans une cabane en haut de la forêt ?

A l'évocation de la maison, je me calme un peu et réalise qu'il faut rentrer. Je marche depuis bientôt deux heures et je n'ai rien mangé depuis ce matin. Je dois traire puis récolter des légumes au jardin.

Sur le chemin du retour, j'abandonne la piste des chevreuils et descends un peu pour rejoindre celle des humains. Elle va plus droit vers chez moi, car les hommes ne peuvent pas s'empêcher de se croire pressés, même s'ils n'ont rien à faire. J'avance un peu plus sereinement et aperçois des écureuils qui fuient à mon approche. J'entends non loin un grand corbeau qui lance l'alarme à l'instant où je passe à côté d'une petite taupe morte qu'il a dû laisser tomber à mon approche. Il reviendra une fois que je serai suffisamment éloigné, mais pour le moment il me crie dessus, il croit que je veux vraiment lui voler son repas. Avec la faim qui commence à me prendre l'estomac, je comprends qu'il proteste ainsi, surtout que lui n'a pas de garde-manger dans lequel il peut se servir au besoin, ce à quoi je vais devoir me résoudre si je ne me dépêche pas et arrive trop tard pour aller au potager. Alors, je presse le pas pour ne pas entamer trop tôt les réserves de cet hiver.

En mangeant, ce soir, je repense aux idées qui me sont venues en marchant, à ces histoires de sentiers balisés ou sauvages. Jusqu'à présent, je n'ai pas eu besoin de me poser la question, je suivais le père sur un chemin tracé par lui seul et que je découvrais joyeusement au fur et à mesure qu'il l'inventait. C'était lui qui régissait la vie de la maison bien sûr, mais aussi qui me faisait l'école et m'apprenait ce que je devais savoir. Il suivait librement des manuels scolaires et ajoutait des idées qui venaient des ouvrages que nous avions dans la chambre. Surtout des savoirs sur la nature, quand j'étais petit. Des connaissances que je pouvais vérifier dans les prairies et les forêts autour de chez nous. Puis de l'histoire, de la philosophie, de la politique. Et ça, pas moyen de vérifier quoi que ce soit, d'apercevoir dans les nuages ou au fil des saisons la réalité de ces histoires de classes et de conflits. L'histoire s'inscrit dans les paysages, mais celui que nous avions sous les yeux ne racontait pas le politique, les guerres de religion, l'esclavage, la financiarisation de l'économie. Notre paysage, et c'est sûrement pour ça que mon père l'avait choisi, disait la nature enfouie en l'homme, le marronnage, la vie d'un autre siècle, mais pas les grands mouvements de l'histoire contemporaine que mon père m'expliquait le soir, quand nous résumions les livres qu'il me demandait d'étudier.

Très tôt, j'en ai su long sur les révolutions d'Amérique latine, ou sur le conflit israélo-palestinien, sans y avoir jamais mis les pieds. Qui interroger pour me forger ma propre idée ? A quoi m'accrocher au cœur de la montagne pour reconnaître les Andes ou le Golan ? A l'époque, je ne m'interrogeais pas sur ce qui me semble, maintenant que j'y pense, un paradoxe : s'isoler dans une ferme perdue dans les montagnes et prétendre me faire connaître le monde, sans jamais m'en donner concrètement à toucher la réalité. A quoi bon, me demandé-je ce soir, apprendre toutes ces histoires sans jamais voir les paysages qui leur ont donné naissance, les visages sur lesquels elles sont passées, les mains qui les ont forgées ? Et à quoi bon savoir tout ceci, avec la disparition du père qui fait que me préparer pour l'hiver va devenir ma seule et unique préoccupation ? Ce que me disent les étoiles, ce soir, en les regardant avant d'aller dormir et rêver, peut-être, de mon père qui s'en va, c'est que l'automne est déjà bien avancé et que les premiers froids arrivent.

4

Quatrième jour sans le père

Marie-Louise est montée jusqu'à la cabane. C'est l'amie de mon père et j'ai cru qu'il était allé lui rendre visite lorsque j'ai vu sa blessure pour la première fois. Contrairement aux gendarmes, elle n'arrive pas en étant toute rouge et essoufflée. Elle marche souvent dans la montagne.

Elle est gentille avec moi. A mon adolescence, elle me posait des questions un peu comme une maman. Moi qui n'en ai pas, ça me plaisait bien, même si en général, après une nuit chez nous, elle repartait le lendemain. D'autres fois, c'est mon père qui descendait et qui ne revenait que le jour suivant.

A son arrivée, je suis au potager. J'aime bien m'y rendre à l'heure où il y a les oiseaux qui se chamaillent dans les arbres autour. Ce n'est pas aussi agréable que d'être au cœur de la forêt, mais ça a l'avantage de faire passer plus vite le travail. Que Marie-Louise arrive si tôt, ça me dit qu'on va se lancer dans une grande discussion ressemblant à celles qu'elle avait parfois avec le père, et j'arrête de ramasser les carottes pour lui faire signe qu'on va prendre un café dans la maison. Le temps est frais et les corps immobiles ont besoin de la chaleur d'un feu ou d'un café pour rester éveillés.

D'abord, elle me demande comment je l'ai su, qu'il était mort. Elle m'assure qu'il n'est pas venu la voir lorsqu'il a disparu, et comment est-ce que ça se fait qu'il pouvait encore être avec moi dans la cuisine ? Est-ce que ce n'est pas qu'il était plutôt fou de partir comme ça ? Où a-t-il voulu m'emmener ?

Je vois bien que si je la laisse continuer comme ça à poser des questions, elle va s'affoler et ne plus jamais m'écouter. Alors j'essaie de la calmer et de lui raconter ce que j'ai vu. Sans en faire trop sur sa blessure, car je ne veux pas qu'elle en souffre, je lui affirme qu'il ne pouvait pas être vivant, que personne ne peut survivre avec un trou comme ça dans le dos, et aussi je lui explique que des morts qui viennent voir les vivants, ça peut arriver par ici. Elle n'écoute pas vraiment ce que je dis là-dessus, c'est plus comme si elle prenait le temps d'accepter que le père ne sera plus jamais là, qu'il ne descendra plus la voir au village, qu'elle n'aura plus de raison de venir passer des après-midi à la cabane où l'on avait presque l'impression de former une famille.

Une fois qu'elle est un peu détendue, elle me demande comment je vais m'en sortir tout seul. Mais plutôt que de faire comme elle faisait avant, de poser des questions, cette fois elle ne dit que des banalités, des phrases toutes faites. Elle pense que je ne pourrai pas y arriver, que ça sera trop dur, que je vais devenir fou. Y en a à qui ça arrivait avant, des vieux garçons qui vivaient avec leur mère et qui, à sa mort, restaient seuls à l'alpage, sans redescendre au village, et ils perdaient l'esprit en moins d'un hiver. S'ils tenaient deux hivers, ils se transformaient en ours et partaient de chez eux pour courir les bois. Elle croit qu'avec tout le travail à abattre je risque de m'épuiser et n'aurai pas assez de force pour engranger suffisamment de provisions. Il faudra bien descendre, un jour ou l'autre. En plein hiver, ça sera bien plus dur que maintenant, avec les journées encore longues et le soleil qui réchauffe la peau. Je lui réponds que je préfère quand elle pose des questions plutôt que d'énoncer des vérités qu'elle croit vraies. Souvent, les vérités d'une personne, comme « tu vas pas t'en sortir », sont fausses pour les autres. Et il vaudrait mieux dire « je crains que tu ne t'en sortes pas », mais les gens ne sont pas capables de se mettre à la place de leurs propres voisins et encore moins de comprendre que ce qu'ils croient n'est pas forcément juste. Et puis je lui explique que ce n'est pas pareil. Je ne suis pas vieux garçon et de mère, moi, j'en ai pas, alors je ne vais pas devenir fou.

« Il ne t'a pas dit ? demande-t-elle, effarée.

— Quoi ? je grogne, sentant à l'intérieur de moi se tordre mon estomac.

— Tu crois vraiment que tu n'as pas de maman ? »

Là, j'ai un peu l'impression qu'elle me tend un piège, que coincée avec mon histoire de vérités pas vraies, elle se venge et trouve un moyen pour me forcer à descendre au village habiter avec elle. Je cherche une manière de m'en sortir :

« Ben si, tout le monde a une maman… à un moment… »

Mais je ne sais pas trop quoi ajouter et Marie-Louise secoue doucement la tête avec un air dont j'ignore s'il s'agit de pitié ou de résignation. D'un coup, j'ai l'impression d'être redevenu un jeune enfant, que le voile d'assurance dont je m'étais paré depuis la disparition du père se délite.

« Mais toi tu as une maman que tu pourrais aller voir. Il va falloir la prévenir de la mort de Jean-Claude et lui dire de venir à l'enterrement une fois qu'on aura retrouvé son corps. »

Elle me plante, droit dans les yeux, un regard décidé, l'air d'affirmer que je n'ai pas le choix et qu'il faut bien que je comprenne la gravité de la situation. Et je dois bien avouer que jusqu'à présent je n'avais pas mesuré ce que ça change d'avoir son père qui est mort, qu'on ne peut pas simplement continuer en travaillant un peu plus sans se soucier de rien. Il y a un poids qui vous vient sur les épaules et dont vous ne pouvez pas vous défaire. Marie-Louise a continué à m'expliquer ce qu'il allait falloir faire, je crois qu'elle parle des personnes à prévenir, des démarches à entreprendre mais pour lesquelles elle voudra bien m'aider, et de plein d'autres sujets mais je n'écoute pas vraiment car d'un coup mon cœur se met à battre très fort dans ma poitrine et la chaleur me prend partout. Dans ma tête, ça va à toute vitesse. Tout ce qui s'est passé ces derniers jours défile sous mes yeux et s'interpose entre Marie-Louise et moi. J'aperçois ses lèvres qui bougent, mais je n'entends rien. Ce qui me vient aux oreilles à la place, ce sont les plaintes des vaches que j'ai menées ce matin, et je me demande si je pourrai les garder. Ce qui m'apparaît à la place du visage de Marie-Louise, c'est la blessure sale du père sous sa chemise. Je vois la maison qui était à lui, mais que je voudrais garder, je le vois à table, je vois ma longue errance dans la forêt, j'entends les rires des gendarmes qui se moquent, je vois le regard accusateur du père qui m'en veut de l'avoir dénoncé, je vois des feuilles fanées dans le jardin délaissé ces derniers jours, je vois la nuit qui a recouvert mon existence. Tout ce qui défile devant mes yeux et résonne à mes oreilles, même si je sais que c'est seulement dans ma tête, tout ça me renvoie à l'image du père mort que j'avais cru pouvoir digérer sans plus y penser que ça. J'avais vu dans sa venue le premier soir, avec son grand trou tout noir dans le dos, un simple adieu, une sorte d'adoubement signifiant que je pouvais reprendre à mon compte la vie qu'il avait construite. Mais c'était un avertissement. Je le réalise maintenant, devant Marie-Louise, qui a fini de parler et attend une réponse de ma part. Mais je ne dis rien pendant encore un moment, pensant à ce message laissé par le père me disant que tout va changer, que peut-être il sera à mes côtés, mais qu'il faudra bien réfléchir à ce que la vie va devenir, à ce que moi j'ai envie de construire tout seul, aux endroits où je veux aller et à ce qu'il va m'en coûter, quelle que soit la décision que je prendrai.

Après avoir pensé à tout ça, je finis par regarder à nouveau Marie-Louise avec des yeux qui voient. Je ne sais pas si ça fait une demi-heure qu'elle me parle ou seulement cinq minutes. Elle pousse un soupir qui semble signifier qu'elle n'a pas envie de répéter tout ce qu'elle vient de me raconter, mais ça n'est pas grave, c'étaient d'abord des paroles pour me rassurer et pas pour m'apprendre ou m'expliquer vraiment ce qui allait se passer. Enfin, elle me répète une dernière phrase, qu'elle a déjà dû prononcer sans que je l'entende, et qui est la seule à compter vraiment désormais :

« Qu'est-ce que tu vas faire, Martin ? Tu vas rester ici, ou venir avec moi ? »

Mais je n'en sais rien. Je n'y ai pas réfléchi. J'ignore même si je pourrais rester si je le voulais. Il n'y a que le père qui aurait pu décider ça, simplement, à la fin d'une conversation, après avoir bien écouté les arguments. Moi, il me faut plus de temps, j'ai besoin que ça mûrisse en moi. Et puis toutes ces images devant mes yeux ne m'annoncent rien de l'avenir, de ce qu'il faudrait faire.

Elles reviennent seulement sur le père. Ce que ça signifie, à mon avis, c'est qu'avant de me décider sur le futur je dois retrouver son corps, et ensuite on verra bien ce qui se passera.

Il faut parfois abandonner son propre quotidien, tout laisser de côté, car un problème très important vous tombe dessus et on ne peut s'en dégager ni plus rien faire que de s'en occuper. S'il n'est pas réglé, il devient un gros rocher au milieu du chemin et vous empêche d'avancer. J'essaie de choisir les bons mots pour expliquer ça à Marie-Louise. Je lui dis que pour l'instant je dois retrouver le corps, que les gendarmes, eux, ils n'y arriveront pas, car ils ne connaissent pas la montagne, et le père n'aurait pas voulu que ça soit eux mais plutôt moi. J'imagine qu'elle comprend ce sentiment. A la fois parce qu'elle connaît la montagne et le père et aussi qu'elle sait quel rapport il entretenait avec la nature et avec les gendarmes. Elle accepte. Oui, c'est peut-être une bonne idée. D'ailleurs, elle doit bien comprendre que désormais, elle ne pourra pas me l'enlever de la tête, cette idée, alors elle va me laisser, annonce-t-elle, mais elle me demande de venir chez elle une fois le père retrouvé et m'explique qu'il y a une chambre libre. Je lui fais oui de la tête et la regarde à peine prendre la porte et redescendre vers le village. Déjà, je remplis un sac avec un morceau de pain, du fromage et un peu d'eau, et me prépare à grimper vers les alpages, où je n'ai pas mis les pieds depuis plusieurs jours et où j'espère qu'est le père.

Je pars derrière la maison sans savoir trop ce qui me pousse dans cette direction. M'être déjà promené dans la forêt me porte à penser qu'il ne doit pas y être et qu'il faut que j'aille dans les endroits qu'il aimait. Moi, j'aime la forêt qui donne l'impression d'être caché. Le père préférait la montagne nue. D'en haut, le regard porte plus loin. On voit les rivières qui coulent vers les vallées et emportent des bateaux jusqu'à la mer. Avec un peu d'imagination, depuis la montagne on peut voir la Terre entière. Et ça marche avec plein de choses qui prennent vie au sein des monts et s'en vont au loin. Depuis les loups qui traversent les frontières, parce qu'ils n'en ont rien à faire de ces limites insensées, jusqu'aux nuages qui arrivent de l'océan et amènent l'eau où il n'y en aurait pas sans eux. Arrivé tout en haut, on peut voir les oiseaux. Surtout les rapaces. Dans ces rares moments on les aperçoit qui volent plus bas dans la vallée, à la recherche d'une proie, un rongeur ou un jeune lapin. On les observe par au-dessus, et c'est comme si nous étions des oiseaux et regardions à leur façon.

En imaginant ça, cela ne m'étonne pas que le père aime à venir sur les sommets. Contempler le monde du dessus, ça lui correspond bien, c'était sa manière d'observer, fût-il en haut d'une crête ou pas. Même lorsqu'il n'était pas plus grand qu'une situation, il s'arrangeait pour s'en donner l'air. Il ne parlait pas tout de suite, il attendait que tous aient dit ce qu'ils avaient à dire, ainsi ils n'auraient rien à ajouter ensuite, une fois que lui aurait la parole. Il prenait un peu de temps avant de s'exprimer. Peu importait si chacun avait déjà fini de le faire depuis longtemps, et que ça laissait un grand silence dans la discussion, peut-être pas tellement grand d'ailleurs, mais dans ce genre de moment la moindre seconde de vide ressemble à un précipice dans lequel la parole risque de tomber sans qu'on soit sûr qu'elle va pouvoir revenir. Et lorsque tout le monde avait bien jugé le gouffre au-dessus duquel il se tenait, le père se lançait. Souvent, il ne s'exprimait pas comme les autres. Il utilisait des mots tout simples. Pour être accepté, il ne faut pas commencer à employer exprès des mots compliqués. Les mots normaux sont les plus efficaces. La différence, c'est qu'il semblait ne pas parler depuis le même endroit. Chacun était autour de la table, ou devant le comptoir de l'épicerie générale, ou dans une salle de la mairie, et on imaginait que peut-être, si on avait échangé les places, que Jean-Marc n'avait pas été assis pile devant le maire mais un peu plus loin, ou qu'Angèle et Xavier n'avaient pas été côte à côte à s'influencer, à s'entendre soupirer ou à se sentir acquiescer au même moment, eh bien ils n'auraient pas dit ce qu'ils avaient dit. Mais le père, lui, ça ne changeait rien, la place où il était. On aurait cru qu'il parlait de plus haut. Il expliquait sa manière de voir, plutôt que de donner tout de suite son avis, et ça remettait tout bien en place, vraiment comme quand on aperçoit tous les villages et les hameaux au loin, et les chemins qui les relient entre eux ou qui passent d'une vallée à la suivante. C'est ça qui fait qu'on comprend bien toute la géographie : qu'on voie par au-dessus et tout d'un regard. C'est comme ça qu'il parlait, le père : en essayant de tout saisir d'un coup, par au-dessus. Et moi, je suis là-haut, et je me demande si je n'ai pas à apprendre de sa façon de parler ou d'expliquer.

Je prenais souvent le chemin des cimes avant sa mort, mais jamais je n'avais à me poser autant de questions, à chercher à regarder quoi que ce soit d'au-dessus. Cette fois, ça me fait tout drôle d'être à sa place. Je m'arrête non loin du sommet. Voilà une bonne heure que je marche à une allure soutenue et j'ai le cœur qui tape bien fort. Je sens les pulsations qui me battent les tempes et mes poumons qui cherchent à se remplir tout entiers. Je me demande si je vais pouvoir analyser les problèmes à sa manière ou continuer à les affronter en étant bêtement en face d'eux. Pour le moment, la mort du père se présente de cette manière devant moi, c'est un bloc qui me fait face et, étant tout près de lui, je n'arrive pas à voir autour où est la fin de ce problème, par où je pourrais le contourner. C'est seulement depuis que Marie-Louise est venue que je comprends qu'il faut que je règle ça, que ce n'est pas uniquement en me préparant pour l'hiver comme nous nous y appliquions lorsque le père était vivant que je réussirai à m'en sortir. Je comprends bien qu'il y a beaucoup à faire avant de pouvoir recommencer à vivre. Il faut que je trouve le père.

En me parlant tout seul, pas à haute voix bien sûr, je ne suis pas fou, mais tout doucement dans le fond de ma tête, je me répète ça, qu'il faut que je trouve le père, qu'ensuite j'aille le dire aux gendarmes, et puis j'irai à l'épicerie générale et leur expliquerai que c'est à moi maintenant qu'il faut payer les fromages, et peut-être que j'irai à la banque pour demander si le père n'a rien laissé, s'il n'y a pas un compte à transférer et des démarches à entreprendre pour que ça soit moi qui aie officiellement la ferme. Je sais bien que le père avait beau ne pas vouloir se plier aux règles, on ne peut pas avoir habité sur ces terres sans rien qui nous y autorise, sans titre de propriété ou je ne sais quoi. Mais en plus de ce que je me chuchote à moi-même, une petite voix s'ajoute, ou une sorte de sentiment qui bourdonne et répète en boucle la phrase de Marie-Louise qui lâche que j'ai une maman. Mais pour l'heure, tout en haut de la montagne, j'ai l'impression que tout ça, c'est trop gros pour que je l'assimile aussi vite. Et ça bourdonne sec. La seule pensée qui arrive à surnager c'est qu'il faut que je trouve le père, et puis qu'on verra bien.

Je regarde la vallée en contrebas et un plaisir intense me prend. En embrassant du regard une aussi grande étendue de terres, de collines, à regarder les cimes tout autour, les villages perchés sur des promontoires ou plus sagement posés un peu plus bas à flanc de montagne, on a l'impression d'être extérieur au monde. Parce qu'en bas il y a des routes et tout un tas de moyens de communication qui amènent les choses et les idées, les règles et les lois dictées aux hommes et aux bêtes. En haut, il n'y a de lois que celles imposées par la montagne. Mais elles ne suffisent pas pour les humains, on est bien obligé de s'accommoder de celles qui arrivent par les routes et le téléphone. C'est pour ça que le père ne voulait pas qu'on ait ça chez nous. Parce qu'en plus des vraies règles et des lois qui servent parfois à nous protéger, il y a des idées qui font croire qu'elles en sont. Elles racontent par exemple qu'il faut gagner beaucoup d'argent pour être heureux et réussir sa vie, ou acheter plein d'objets pour se sentir bien. On pense que ce sont des lois même si elles ne sont inscrites nulle part, elles sont seulement répétées sans arrêt à la télévision ou dans les magazines. Et contre ça, il expliquait qu'il fallait comprendre que ces règles n'ont pas cours partout, et créer des endroits où on en respecterait de différentes. Cela permettrait de ne pas tout gober, d'avoir un regard éveillé sur la façon dont elles s'imposent à nous.

En pensant à tout ça, l'envie me prend de basculer sur le versant où il n'y a pas toutes ces lois. Ni les vraies ni les prétendues. Surtout que pour explorer chaque brèche et chaque combe, quelle que soit la manière de m'y prendre et en passant plus vite sur les étendues les plus ouvertes, où l'hélico l'aurait sûrement repéré, il va me falloir un sacré bout de temps. Autant débuter par un endroit qui me plaît. Je jette un dernier coup d'œil du côté de la civilisation, pas mécontent de m'en extraire et de m'éloigner un peu de ce que m'a raconté Marie-Louise. Sachant que je devrai m'y frotter sitôt le corps du père retrouvé, je plonge dans la vallée sauvage, celle où l'on peut se construire ses propres commandements.

Le haut de la montagne est bien nu, sans recoin pour se cacher, ni faille où s'enterrer. Alors, je file et laisse mes jambes descendre toutes seules. Pas possible que le père y soit et je n'ai pas besoin d'être attentif. Je note mentalement les bosquets, les escarpements ou les ravines creusés par les torrents printaniers où un corps pourrait facilement demeurer inaperçu et qu'il me faudra explorer. Pourtant, je me demande comment un cadavre n'aurait pas attiré les vautours qui nichent dans le massif et ne manquent pas de repérer de très loin les brebis tombées d'une falaise ou égorgées par des chiens et laissées à pourrir. Bien vite une demi-douzaine de charognards se ruent pour la curée et on aperçoit de loin ces charniers qui vous font sentir tout petit, une fois que les oiseaux repartent et déploient leurs ailes immenses. Les voir survoler aisément les pics qui sont pour nous autant d'obstacles nous rappelle qu'ils sont ici chez eux, pas nous. Aujourd'hui, je ne les vois nulle part dans les parages, et je n'ai pas le souvenir de les avoir aperçus en grand nombre les jours passés non plus. Le père doit être sacrément à l'abri pour ne pas avoir eu droit à ce genre de danse macabre. Je n'arrive pas à savoir si c'est mieux ainsi ou si c'est un départ qui lui aurait plu.

En courant, je me laisse emporter par la pente, et j'arrive vite à un premier éboulis. Les restes d'un affleurement rocheux surplombent un chaos de pierre qui forme un torrent minéral. Je m'immobilise un instant, pris soudain par une peur qui me serre le ventre. Dans quel état va-t-il être ? Est-ce que je pourrai supporter de le voir à moitié rongé par des vers ou couvert de mouches ? A ne penser qu'à ses idées de résistance, et à me convaincre qu'il a eu raison de se cacher des gendarmes pour mourir, j'en avais oublié qu'on ne peut pas laisser un corps traîner à l'extérieur sans qu'il serve de garde-manger à tout un tas de bestioles ou qu'il se décompose avec une odeur fétide. J'ai pourtant déjà vu des brebis mortes d'une chute, ou des chiens errants crevés de faim, et leurs corps livrés à la nature. J'en connais l'odeur. Finement âcre, tandis qu'on en est encore loin, puis de plus en plus nauséabonde et prenante à mesure qu'on s'en approche. Ce genre de fin ne collerait pas vraiment avec les idées que je me fais de la mort du père. Depuis le début c'est lui qui contrôle tout, de sa disparition à ses réapparitions, lui qui choisit dans quelles circonstances, dans quelle situation je peux le voir. Mais maintenant que j'ai pris en main sa recherche, il va bien falloir qu'il me montre la vérité crue de sa mort, si peu glorieuse ou belle à voir soit-elle. Peut-être qu'au lieu de la fin héroïque que je lui attribue il n'a fait qu'une mauvaise chute, ou une bête crise cardiaque. On a beau vouloir vivre différemment, la mort de chacun est le plus souvent étonnamment semblable à celle des autres.

Je finis d'explorer rapidement le pierrier sans rien y déceler. Il y a peu de grosses pierres qui pourraient dissimuler un corps. Je remonte un peu plus sur le flanc de la montagne, vers le sud, pour pénétrer dans un bosquet de genêts que j'avais repéré de plus haut. En fouillant ainsi, méthodiquement, de taillis en ravines, j'en viens à oublier mes premières appréhensions et je cherche comme à la poursuite d'un chevreau égaré qui ne serait pas rentré un soir avec sa mère. Sans m'en rendre compte, j'ai arpenté tout un pan de la montagne qui s'enfonce doucement dans l'ombre alors que le soleil passe derrière les sommets à l'ouest. Je remonte vers les pâturages, un peu plus haut, encore baignés par le soleil couchant, et je me rends compte que je ne suis pas très éloigné du hameau de la Mado. Si j'abandonne mes recherches pour aujourd'hui, j'y serai avant la tombée de la nuit et sûrement qu'elle me laissera dormir là. La pensée de ne pas me retrouver à nouveau seul dans notre cabane me réconforte et me pousse à avancer plus vite. Jusqu'à aujourd'hui, je ne m'étais pas rendu compte du poids de la solitude et je me demande comment la Mado a réussi à tenir toutes ces années sans son mari, même si elle raconte qu'il vient souvent depuis qu'il est mort.

« Toi, t'as la tête de quelqu'un qui est tout saoul de montagne », elle me lance quand j'arrive devant chez elle.

C'est sûr que je dois avoir les cheveux en bataille, un sourire allumé par l'air vif et les joues toutes rouges tellement j'ai marché vite pour rejoindre son hameau avec ses quatre ou cinq petites baraques regroupées. On croirait des gros œufs dans un nid d'oiseau à presque se toucher pour se tenir chaud. Les habitants de ce village vivaient déjà tellement isolés qu'ils n'ont pas eu peur de se marcher sur les pieds. Au contraire, ils avaient besoin de savoir qu'ils n'étaient pas complètement seuls. Dans de telles conditions, on pourrait vite le croire et très vite oublier qu'on est un être humain, m'avait expliqué Mado, un jour où je m'étonnais de cette promiscuité. Nous, avec le père, on cherchait plutôt à fuir loin des gens. Les bruits de leurs voisins leur rappelaient qu'ils appartenaient à notre espèce et pas à celle des ours, disait la Mado. Au bout du compte, ça les forçait à se lever le matin et à s'occuper de leurs bêtes, et à avoir toutes les activités qu'on pourrait perdre bien vite si le poids des obligations venait à nous quitter un beau matin. Mon père m'avait glissé discrètement qu'aussi, dans ce hameau, ils étaient un peu tous de la même famille, et que la proximité des maisons tenait lieu de contrôle social et permettait de savoir qui venait rendre visite à telle ou telle cousine, ou si l'oncle continuait, ou pas, à battre sa petite, même si on lui avait conseillé de ne plus la toucher. Mais, parvenant là après plusieurs jours de solitude et voyant ce joli nid plein de maisons aujourd'hui abandonnées, je préférais écouter la version de la Mado plutôt que celle du père.

« J'ai pas mal marché, je lui réponds.

— Y a de la soupe qu'est chaude, dit-elle tout simplement, comme si elle m'avait attendu. Viens donc en prendre un peu. »

Chez la Mado, c'est pas bien plus grand que chez nous. La maison est en pierre, mais, par endroits, les murs ont été doublés en bois sur l'intérieur, et sûrement remplis de laine de mouton pour isoler du froid. Ailleurs, il y a de grandes tentures toutes simples qui ressemblent à des couvertures. Elles devaient être de couleurs vives autrefois, mais, depuis le temps, elles se sont couvertes de suie. Il fait sombre à cause des fenêtres étroites et l'électricité n'a jamais été installée. A la tombée de la nuit, Mado s'éclaire avec une lampe à pétrole et des lanternes avec des piles, mais pour l'instant il y a des restes de jour qui entrent par la porte laissée ouverte. C'est un ancien poêle qui chauffe la pièce.

Il fait bon et j'enlève mon gros pull en m'asseyant à table. Il y a deux chaises, mais la Mado, elle, s'installe d'abord au coin du poêle comme si la table c'était que pour les hommes. Lors de nos visites avec le père, parfois elle passait toute la soirée là et elle mangeait sur ses genoux comme si elle avait été une domestique et qu'elle nous servait. Ça me gênait un peu, mais le père disait qu'il fallait laisser, qu'elle avait gardé l'habitude et faisait sûrement déjà ça sans nous, mais ça montrait bien que les hommes d'autrefois ne traitaient pas les femmes avec égalité et tout ça, c'était un long chemin loin d'être fini.

J'avale un grand bol de soupe bien grasse avec des pommes de terre et du chou, puis relève la tête pour m'apercevoir que la Mado s'est assise près de l'entrée sur un tabouret et qu'elle observe les dernières lueurs fauves du soleil. On dirait le vallon tout entier enflammé. Elle reste à fixer le paysage et elle lâche, dans un souffle :

« Alors, tu cherches ton père ? »

Au début je ne réponds rien. Je m'étonne qu'elle soit au courant et l'idée m'effleure que les gendarmes ont pu passer ici et lui demander si elle n'aurait pas vu quelque chose, mais elle coupe court tout de suite à mes supputations :

« C'est René à l'épicerie qui me l'a dit. »

Devant mon air surpris, elle sourit et se moque doucement de moi :

« Ben oui, tu crois que je visite jamais le village ou quoi ? Je suis pas une sauvage, hein, qu'est-ce que tu vas t'imaginer ? C'est fini ce temps où on sortait qu'une ou deux fois par an, ou que la femme elle descendait jamais en ville pour pas dépenser l'argent du foyer en choses inutiles, qu'ils croyaient, les hommes, alors que c'était souvent eux qui vidaient la caisse en alcool. Je sors pas beaucoup, mais je sais ce qu'il y a autour, je viens pas d'une autre époque. »

En voyant ma mine un peu pataude, elle s'adoucit :

« T'inquiète pas, tu sais, y en a qui ont encore plus de préjugés. Parfois, il y a des marcheurs qui passent avec des gros sacs à dos qu'on croirait des mulets. Je les installe dans une des granges où le foin est pas trop pourri, et ils en reviennent pas. Ils arrêtent pas de tout prendre en photo et ils quittent pas leur air bêta et étonné. Moi je joue le jeu et y a même un couillon qu'a dit qu'il faudrait revenir filmer ça avant que ça disparaisse, la fin du monde paysan ou une sottise dans ce genre. J'ai rien répondu, mais il s'est pas remontré. Ils se croient de retour dans le passé. »

Je l'écoute d'une oreille puis je lâche, de but en blanc :

« Il est revenu. Je l'ai vu auprès des vaches, et dans la maison. Il était déjà mort. »

La Mado s'arrête de parler et cesse de me regarder avec ses yeux amusés. Cette fois, elle prend un air sérieux en me répondant :

« Ça veut dire que tu dois le retrouver. C'est pas pour rien que les morts viennent nous voir. Ils font ça pour nous dire quelque chose, ou parfois la montagne les envoie pour qu'ils nous donnent ses instructions à elle. Tu le sais, toi, que c'est elle qui commande. Ton père te l'avait expliqué, non ? »

J'acquiesce timidement, pas trop sûr de moi, et elle continue de m'expliquer que de toute manière c'est pas ce qu'il m'a raconté qui compte. L'essentiel, selon elle, c'est que je l'ai vu.

« Ça veut dire que tu comprends. Ça veut dire que t'as les yeux qui voient. Y a beaucoup de gens qui ont les yeux qui voient pas. Ils regardent, mais ils ne font pas attention. »

Cette histoire de regard, pour elle, fait que certaines personnes ne voient que ce qu'elles ont bien envie de voir. Souvent, ce sont des histoires qu'on leur a racontées sans qu'elles aient essayé de vérifier par elles-mêmes. C'est facile de les tromper, il suffit de faire un peu semblant de leur montrer ce qu'elles attendent et elles ne le remettent pas en doute. Comme avec ses promeneurs qui croient qu'elle est une vieille d'un autre temps. Avec ses mots à elle, elle m'explique que ce n'est pas question d'avoir bonne vue, mais plutôt d'être ouvert, de s'attendre à être surpris. Enfin, si on sait qu'on peut avoir sous les yeux des affaires pas croyables, alors on est prêt à bien voir.

« Toi, t'as vu ton père qu'est revenu pour te parler. Faut que tu le suives et c'est lui tout simplement qui va te montrer ce que tu dois voir. Peut-être tout simplement t'emmener vers son corps. »

En écoutant la Mado, j'ai un peu l'impression d'entendre le père, et je lui lâche ce que j'ai sur le cœur et lui avoue ce qui s'est passé depuis deux jours, et toutes mes craintes.

« C'est pas de ta faute, Martin, répond-elle avec un regard doux. T'as fait ce que t'as cru bon. Et puis je t'ai dit, on n'est plus au siècle d'avant. Faut bien prévenir quelqu'un quand on a un mort.

— Il va revenir, alors ?

— Sûrement. Les morts, c'est pas des capricieux, y a plus grand-chose qui les atteint. Ils voient plus avec nos yeux, mais ils ne nous en veulent pas. Ils savent. Eux aussi ont été vivants, ils sont au courant qu'on se trompe des fois, qu'on comprend pas tout de suite ce qu'ils veulent nous dire, qu'on a peur de la solitude. Mais s'il est déjà venu, il va se montrer à nouveau c'est sûr. Surtout s'il veut te faire savoir quelque chose. Allez, t'as assez cogité pour aujourd'hui, c'est que c'est aussi fatigant que de courir la campagne ça. Et toi, t'as fait les deux d'ailleurs. Faut que tu dormes. T'as qu'à te mettre dans la grange du gros Paul, à côté. C'est pas lui qui va venir t'embêter, tu sais. Prends la couverture et viens manger un bout demain matin avant de repartir. »

En disant ça, elle attrape mon bol et débarrasse la table avec des gestes raides. Elle a sa vieillesse qui lui prend un peu les mains, mais pas les jambes, et j'en connais qui auraient du mal à la suivre lorsqu'elle part chercher une de ses chèvres, qui se serait perdue. Même dans les montées où c'est bien raide et plein de cailloux, elle y va sans fléchir. Au père, qui la complimentait là-dessus, elle répondait toujours en riant : « C'est que j'ai pas beaucoup de poids à porter ! »

Moi, je reste à la regarder mettre un peu d'ordre dans le coin qui lui sert de cuisine. C'est-à-dire juste qu'elle change les torchons de place, qu'elle remet une bûche dans le feu, qu'elle ramasse des miettes sur le bord de l'évier en pierre, ouvre à nouveau le poêle pour les y jeter, puis soulève quelque casserole comme pour s'assurer que rien ne s'est perdu dessous. On dirait plutôt qu'elle touche toutes les affaires pour s'assurer de leur place, pour vérifier que son monde est bien là, encore tangible tout autour d'elle, et que ça lui assure qu'elle aussi est bien ici, et qu'elle n'est pas elle-même un fantôme qui reviendrait seulement pour délivrer des messages aux vivants.

Je me lève sans un bruit. Pas la peine de la déranger maintenant qu'elle est dans ses pensées. Je sors en attrapant la couverture et mon sac rapiécé de toutes les couleurs. Rejoignant la grange à foin, je passe remplir ma gourde à la fontaine au milieu des maisons et y déloge une bergeronnette des ruisseaux en pleine toilette. Je m'imagine ce village habité, il y a une cinquantaine d'années, avec cette source un peu au-dessus, détournée jusque-là dans un drain de pierre, tellement froide qu'il vaut mieux attendre un peu pour la boire. C'est au bord de la margelle gravée par l'un des anciens habitants que s'échangeaient toutes les nouvelles, que se racontaient les histoires du hameau et des villages des vallées voisines où l'on ne se rendait pas souvent, mais où chacun avait des cousins, un frère ou une sœur. C'est au fil des conversations autour de ce point d'eau, qui devenaient, à force de répétitions et d'embellissements, des souvenirs communs et des légendes, que se tissait la trame des existences.

Et la Mado, ce qu'elle fait à rester ici toute seule, c'est essayer de tenir tout ça, d'en garder la mémoire sur elle, de sauver cette toile peinte des lustres avant qu'elle n'arrive, à une époque où elle n'était qu'une toute petite fille ou même pas encore née. Et maintenir en vie la mémoire du village, qui fait qu'il se différenciait de ceux de la vallée d'à côté, que ses occupants se racontaient les histoires des maisons et de ceux qui y habitaient, si intimement liées que, souvent, on finissait par donner aux maisons le nom de leurs occupants et aux occupants le nom des maisons. Quand elle m'envoie dormir dans la grange du gros Paul, il faut savoir qu'en réalité, le gros Paul, il y a deux générations qu'il a disparu et elle ne l'a pas connu. Quant à elle, il y avait des anciens qui l'appelaient « la Mado de la source », pas que ça soit son nom ou rien, mais plutôt que sa maison c'est « la maison de la source », la plus proche de la fontaine du village.

En pensant à tout ça, je m'installe dans la grange et me couche dans le foin. Sur les poutres, il y a, gravés, les noms de promeneurs passés par ici et qui ne devaient pas en revenir de s'en retourner cent ans en arrière. Sauf qu'il n'y a pas besoin de se croire au siècle précédent pour voir les fantômes d'hier. Pas plus que ceux d'aujourd'hui que je vais devoir retrouver afin de comprendre ce que cherche à me révéler le père. Je me roule dans la couverture et m'endors, entouré du Paul, et de tout un tas d'habitants du hameau qui viennent observer « le jeune de la montagne », ou « le fils du Jean-Claude », celui qui voyait les fantômes et que, peut-être, ils mettront dans les histoires qu'ils doivent encore se raconter entre eux.

5

Cinquième jour sans le père

Lorsque je me réveille, il fait déjà jour, pas depuis très longtemps car les endroits où le soleil n'est pas encore arrivé sont tout gelés. L'herbe crisse doucement sous mes pieds. Je passe devant chez la Mado, mais elle est déjà sortie mener ses bêtes ou ramasser quelque plante sauvage à mettre dans la soupe. Sur le tabouret qu'elle a placé devant la porte, elle a laissé une cruche avec du café et un morceau de pain. Elle est partie comme un animal à moitié sauvage, pas effarouché mais qui n'en fait pas plus qu'il ne faut dans ses rapports avec les humains. Si elle pense avoir dit tout ce qu'il fallait, elle n'ajoutera pas un mot. Charge à celui qui écoute de bien entendre. De la même manière, elle n'accumulera pas plus de nourriture qu'elle ne peut en manger ou de bois qu'elle ne pourra brûler. Ce qui est en trop ne sert à rien. Le tabouret devant la porte en guise d'au revoir n'exprime pas autre chose : hier, nous nous sommes raconté tout ce qu'il y avait à dire et nous pouvons nous séparer sans adieu. Il me reste un bout de fromage dont je n'aurai pas besoin si je rentre à la maison ce soir. Je le dépose et tourne les talons.

J'ai décidé de repasser sur notre versant, car je sens que le père n'est pas dans cette vallée. Je suis venu, plus poussé par l'envie d'entendre la Mado me parler des fantômes qu'avec l'espoir de le revoir. Et puis, pour le moment, c'est là-bas qu'il m'est apparu, pas de ce côté-ci.

La montée est encore dans l'ombre, le soleil n'est pas très haut. Je boutonne ma veste et pars tout droit en direction d'un col qui relie les deux vallées. Arrivé à mi-pente je me retourne pour observer le village de la Mado et la vallée autour. Celle-ci forme un grand cirque. Les montagnes se referment au sud et repartent vers le nord-ouest. Au loin, en face, sur le versant ensoleillé, j'aperçois sa silhouette au milieu d'une grande étendue herbeuse. Il y a ses chèvres qui marchent derrière elle. Non loin, je crois apercevoir une silhouette humaine, vers laquelle la Mado se retourne régulièrement, qui se rapproche d'elle jusqu'à la toucher puis repart vers le petit troupeau pour guider les bêtes et les empêcher de revenir sur leurs pas. Je ne suis pas sûr de bien voir, car le soleil m'éblouit. Pas sûr non plus que cette scène me soit destinée, que j'aie vraiment le droit d'y assister, aussi je ne m'attarde pas. Bientôt j'aurai basculé sur l'autre versant, celui des vivants, et je rendrai cette vallée perdue à la Mado et à ses fantômes.

En passant le col, je me livre à la même gymnastique que le jour précédent en tentant de repérer tous les endroits susceptibles de cacher un corps. Cette vallée est beaucoup plus grande que la précédente. Les montagnes y courent dans un axe nord-sud sur des dizaines de kilomètres, barrant le nord de leur masse sombre avant de s'ouvrir sur une autre vallée plus large et plate. Le versant d'en face est bien plus loin et seules quelques collines permettent de le rejoindre. Deux torrents partent depuis ce côté-ci et s'en vont vers le sud, d'abord séparés par un promontoire rocheux, pour se rejoindre en aval. Si je dois fouiller chaque recoin, j'en ai pour des jours. Voilà que je commence à douter devant l'ampleur de la tâche et me demande si je pourrai réussir où les gendarmes ont échoué.

D'ailleurs, est-ce que les gendarmes cherchent encore, eux ? Ils ont probablement diffusé une photo du père, dans les villages autour et auprès des gendarmeries des environs. Quelle image ont-ils choisie ? Une photo d'identité, où l'on ne voyait que ses traits francs, ses épais sourcils et son nez vaguement tordu, qu'il s'était cassé à la fac en se battant « contre des cons de fachos », une de ces photos où l'on ne sourit pas et qui vous donne immanquablement l'air d'un braqueur en puissance ? Ou au contraire une photo où on le voit dans un pré, en pied, et où on peut apprécier la large carrure qu'il s'est construite au fil des saisons de travaux agricoles. Il a sûrement plus de cheveux, pas longs non, mais qui faisaient un peu ce qu'ils voulaient sur sa tête, lui donnant, si on n'y regardait pas de trop près, un air de jeune adulte insouciant qu'il n'était plus. Mais surtout une photo sur laquelle il regardait l'appareil en étant vraiment présent, observant à travers l'objectif les personnes qui allaient voir la photo, où il semblait vouloir leur délivrer un message important, resté jusqu'à maintenant muet.

S'ils ont fait ça, c'est sûrement qu'ils ne le cherchent plus dans la vallée, et le croient parti. Cela signifie peut-être qu'ils ne l'ont pas beaucoup cherché. Un tour en hélico pour la forme. Alors, ça serait bien comme pense la Mado, c'est à moi de le faire.

Je contemple un temps les fumées qui montent du fond de la vallée. Je regarde la forêt de pin, loin en face, où tiennent de rares plaques blanches de givre. L'appréhension et l'agitation des jours précédents m'ont quitté. Hier encore, je cherchais fiévreusement derrière chaque rocher, et je me rends bien compte qu'en réalité j'avais peur de le voir étendu sur le sol, à moitié rongé, peur de devoir décider quoi faire alors que rien n'était clair dans ma tête. Peur de devoir continuer tout seul, à mener cette vie que le père s'était construite autour lui et de ses envies, de son désir de s'extraire de la société. Il avait aménagé une place pour moi dans ce nid d'homme calfeutré contre le monde et je l'occupais en fils passionné par son père et qui ne saurait remettre en cause ses décisions. Je faisais partie des raisons qui l'avaient poussé à construire cette vie, mais plus tard je n'avais pas eu le choix. Il m'avait assuré que je pouvais partir si je le voulais, mais est-ce que c'était vrai ? Entre le droit et la possibilité, la capacité, il y a parfois un gouffre. Qu'est-ce que j'aurais bien pu imaginer de différent ? Et en réalité, jamais l'idée de partir ne m'avait effleuré.

Ce matin, c'est différent. Je me sens libéré. Je sais bien qu'il va falloir aller traire les vaches ce soir de peur que leurs pis se remplissent trop et qu'elles attrapent des infections. Se débarrasser de la traite signifie vendre ses bêtes. Et c'est un déchirement pour les hommes de devoir laisser partir leur troupeau, car cela leur montre leur impuissance à eux, ça leur dit qu'ils sont trop malades, trop vieux ou fatigués pour effectuer cette dernière tâche qu'on n'a pas le droit de lâcher sous peine de faire souffrir les animaux. Car les bêtes n'attendent pas, au contraire du bois, par exemple, qu'on peut couper le lendemain si un jour on ne se sent pas bien, et ramasser des légumes au jardin ou finir un livre ou que sais-je, ça peut toujours attendre un peu. Mais les bêtes, on ne peut pas les abandonner et je sais que ce soir je vais y retourner, auprès des vaches, et leur demander pardon de n'avoir pas été avec elles, bien qu'une seule journée, à cette saison où elles ne mangent pas beaucoup, ça peut aller. Mais le reste, tout ce que j'avais entamé dans la fièvre où m'a poussé la disparition du père, je n'ai aucun remords à le laisser de côté. Je n'imagine pas encore ce que sera la suite, si je vais retourner dans la forêt pour y trouver des arbres morts à débiter pour le chauffage, ou continuer à m'appliquer pour faire du fromage ou à me casser les reins à bêcher le jardin. C'est sûr qu'il faudra appeler tout le monde, prévenir cette mère que je ne connais pas. Et qu'est-ce que je ferai ensuite, lorsqu'ils m'auront tous expliqué que je n'y arriverai pas tout seul, comme Marie-Louise, hier seulement ? J'ai déjà l'impression que c'était il y a des semaines. Peut-être bien que je recommencerai à vivre comme avant, même sans le père, que je rentrerai dans ses habits et prendrai sa place, ses habitudes. Mais cette fois ça sera mon choix et ma vie. Je commence ma descente vers la vallée et une sorte d'image complète s'assemble devant moi et dessine petit à petit la vie qui pourrait devenir la mienne.

Je cherche pendant au moins trois heures, puis j'ai trop faim pour continuer. Il me reste un peu à manger et à boire dans mon sac. Je m'appuie sur un rocher pour profiter du soleil d'automne et me reposer un peu. J'ai mal aux jambes à force de marcher ainsi. J'ai l'habitude, mais aujourd'hui je passe d'un endroit à l'autre sans savoir combien de temps cela va durer, et ne rien trouver augmente la fatigue. D'habitude, je pars pour cueillir des baies ou des champignons, ou plus simplement ramasser du petit bois, et je vois mon sac qui se remplit. Cette fois, je cherche une chose bien précise et qui semble particulièrement bien cachée et j'ai l'impression de ne pas avancer d'un pouce. Après mes réflexions de ce matin et ces idées sur la vie que je pourrais me choisir qui me permettaient de me sentir bien et neuf, je replonge plutôt dans des idées noires. Je me dis que je risque de tourner en rond pendant des jours. « Sans corps, on peut pas dire qu'il est mort », a insisté le gendarme. Qu'est-ce que ça signifie ? Que je serai obligé de retourner à la maison et prétendre que le père peut revenir d'un jour à l'autre sans qu'on sache quand ? Qu'il faudra rester à attendre un retour qui ne viendra pas, continuer à tenir la maison comme un mausolée, comme une image de celui qui est parti, s'interdire de vivre une autre vie, ailleurs, de vraiment se dire : Oui, il est mort et il ne reviendra pas.

Apeuré, je me lève et recommence à parcourir la pente. J'essaie de bien me rappeler tous les endroits où j'ai fouillé et de me représenter si je n'ai pas oublié un rocher ou un trou d'eau dans lequel il pourrait se dissimuler. Je m'éloigne tout d'abord de la maison vers le nord, en restant à la même altitude, puis je reviens plus au sud, mais en montant un peu vers le sommet, puis je zigzague en grimpant, et continue à m'arrêter près de chaque anfractuosité, de chaque touffe de genêts. En deux heures, je suis monté bien au-dessus de la ferme et je me décale pour redescendre vers elle tout en couvrant une nouvelle portion de terrain.

Cette partie est plus accidentée et nous y allons moins souvent avec le père, et surtout pas avec les vaches, pour qu'elles ne se blessent pas. Tant qu'elles sont jeunes normalement il n'y a aucun problème, mais dès qu'elles sont un peu plus âgées, cela peut devenir risqué pour elles. Il y a plus de rochers qui affleurent, des éboulis, des affaissements soudains. Les bêtes n'y paissent pas et des buissons épineux, des ronces et des rosiers sauvages envahissent tout. Cela commence tout de suite derrière la ferme, comme si cette dernière avait été construite à cette place pour marquer une limite – au-delà, la friche – et ça remonte en pente douce jusqu'à rejoindre la forêt d'un côté et se perdre dans des pâturages. Je connais assez bien l'endroit, mais quand j'y viens, d'habitude, je n'ai aucune raison de venir scruter chaque recoin des falaises.

Au milieu de la pente, je tombe sur un étrange tas de cailloux. On a creusé dans cette zone, et il y a des pierres cassées en deux par des coups de marteau. Sur un replat, il y a un trou rond gros comme le poing qui descend dans le sol. Ça ressemble à ce que j'imagine être une fouille géologique. Il y a deux ou trois mois, j'ai entendu des clients de l'épicerie générale qui parlaient de telles recherches dans la vallée, mais je ne me souviens pas de ce qu'ils en disaient exactement. Qu'est-ce qu'on pourrait bien venir chercher dans le coin ? Les terrains tout autour, c'est le père qui s'en occupe et ce n'est pas son genre d'accepter qu'on meurtrisse la terre pour l'exploiter.

Cette découverte m'inquiète, mais je n'ai pas le temps de réfléchir plus longtemps, car le soir va bientôt arriver. Je sais qu'il y a, plus bas, une source qui alimente notre maison en eau. Depuis, je peux suivre un peu le cours du ruisseau et, une fois arrivé au niveau de la ferme, je prendrai dans sa direction et n'aurai que deux kilomètres à parcourir, en ligne droite et sur un plat relatif, aussi je serai vite rentré. Je reviendrai demain pour étudier ce site avec plus d'attention.

Après un quart d'heure environ, j'arrive à la petite mare où je venais attraper des crapauds et des salamandres quand j'étais enfant. On la voit de loin à cause de la végétation autour qui est beaucoup plus abondante qu'ailleurs. Des joncs et des roseaux la masquent et font une cachette parfaite pour les animaux qui viennent y boire. Je commence à fouiller en écartant les roseaux. En m'approchant, je le vois. Il y a un corps allongé dans les joncs. Du côté où je me tiens, je n'aperçois qu'une masse sombre qui écrase un peu les plantes, mais de partout ailleurs on ne doit rien voir du tout. En venant de chez nous, la mare est dissimulée par des prunelliers bas mais touffus, en contrebas, l'eau s'écoule sur une pente qui devient tout à coup très abrupte et le terrain est quasiment impraticable, et il n'y a d'ordinaire pas de raison d'arriver par le chemin que je viens de prendre, car un peu plus loin c'est la forêt et il n'y a pas de hameau ni d'habitations, hormis des refuges de bergers construits il y a fort longtemps et qui ne doivent plus jamais servir.

Je me précipite vers lui et le saisis par les épaules. Ses vêtements sont détrempés et ils sentent horriblement mauvais, ou plutôt c'est lui qui sent mauvais, ce qui ne m'empêche pas de le prendre dans mes bras. C'est comme s'il pesait une tonne, mais mon cœur bat très fort et j'ai l'impression de pouvoir porter beaucoup plus. Je le soulève pour voir son visage. Ses cheveux sont collés contre son front et il est presque entièrement couvert de boue, mais il est encore parfaitement reconnaissable. Je lui passe la main sur le visage pour lui ôter un peu de cette boue qui renforce le côté pâle de ses joues creusées. C'est le père. Mon père. Et je n'ai pas besoin de le retourner pour savoir qu'il a un trou noir et sale dans le dos.

6

Sixième jour sans le père

Dans ma tête, ça se bouscule encore. La course dans la nuit pour prévenir les gendarmes, l'hélicoptère et la civière, les vaches qui ruaient dans l'étable, les enquêteurs revenus ce matin à la recherche d'indices. J'ai mis un temps fou pour traire les bêtes. Elles commencent à se tarir, mais il faut quand même leur tirer le lait un peu chaque jour pour les soulager. Je ne les avais jamais vues si excitées.

Il y a une sorte de déchirure dans mon cœur. Je sens qu'il bat normalement, mais il y a une pointe qui est plantée dedans et qui me transperce. Ça ne s'arrête pas.

J'ai demandé à Marie-Louise de pouvoir dormir chez elle ce soir. Hier, je suis resté chez moi au départ des gendarmes, tard dans la nuit. Mais aujourd'hui, je n'ai pas envie de dormir là.

Ils m'ont demandé de venir dès que je serais un peu reposé pour faire une déposition, leur expliquer de quelle manière j'ai trouvé mon père et tout ça. Je leur avais déjà raconté sur le moment, mais ils voulaient rentrer ça dans leurs ordinateurs, dans leurs fichiers officiels, où l'on signe pour affirmer le tout, et il fallait que je sois présent en personne pour ça. Je suis donc redescendu au village en fin de matinée et j'ai filé tout droit à la gendarmerie. En fin de compte, il n'y avait pas beaucoup de détails à donner parce que le corps, je suis juste tombé dessus, je le cherchais, mais comment est-ce que j'aurais pu savoir s'il était abîmé dans ce trou d'eau ou ailleurs ? Je leur ai pourtant à nouveau résumé la journée puisqu'ils voulaient comprendre par où j'étais passé avant d'arriver à la mare. Lorsque je leur ai parlé de l'endroit où il y avait une sorte de fouille géologique, ils ont eu l'air intéressés.

A l'issue de l'interrogatoire, le maire est venu me voir. Il a dit tout un tas de trucs en commençant par « Tu sais que j'appréciais beaucoup ton père, Martin ». En entendant cela, je me suis dit : Quelqu'un qui commence de cette manière, il va essayer de te faire passer un message pas très honnête.

Je n'ai pas tout compris, mais il a parlé de formalités administratives et d'une situation qu'il allait falloir régler. La mienne. Il prétendait que bien sûr je pourrais rester à la ferme, mais qu'il faudrait régler l'histoire de la propriété des terres, car visiblement elles n'appartenaient pas à mon père. Je n'ai rien répondu, mais je ne savais pas où il voulait en venir, je ne voyais pas comment c'était possible qu'on ait habité ce lieu toutes ces années, qu'on mette nos vaches parfois sur des terrains communaux, mais surtout dans des champs où le père disait « nos prés » et qu'on aille couper du bois dans la forêt si tout ça ne nous appartenait pas.

Les gendarmes aussi m'ont parlé de plein de démarches que j'aurais à entreprendre sans tarder, et en tout cas avant qu'on enterre mon père, et puis celui avec l'accent corse que j'avais déjà vu la première fois m'a raccompagné jusque dehors en me tenant le bras. Arrivé vers la porte, et personne ne pouvant nous entendre, il s'est un peu penché vers moi, en serrant fort et il a lâché, à voix basse :

« Soit c'est un accident de chasse, auquel cas, je t'assure, le type va avoir des ennuis pour avoir essayé de cacher ça ; soit c'est un meurtre, et je peux te dire qu'on va tout mettre en œuvre pour attraper celui qui a fait ça. » J'ai bafouillé un merci et je suis sorti.

Cette fois, aucun attroupement de curieux ne se tenait devant la caserne. C'est que tout le monde devait avoir bien compris ce qui se passait et savait qu'on aurait les détails tôt ou tard. Rien ne reste longtemps caché dans des villages si petits. C'est comme si chaque histoire avait son autonomie et était capable de voleter de maison en maison, ou plutôt de commerce en commerce, pour se répandre peu à peu. Mais quelle importance ? La mort de mon père n'est pas un secret et savoir comment ou qui l'a tué ne devrait pas prendre longtemps. J'étais exténué et j'ai filé chez Marie-Louise.

Par chance, elle ne travaillait que le soir, comme aide-soignante à l'hôpital de la ville la plus proche. Je suis tombé dans ses bras en pleurant. Lorsqu'elle était venue me voir à la cabane, je croyais que je pouvais encaisser sans rien sentir. Je pensais que de ne pas verser une larme ferait de moi un homme. Mieux, que ça ferait de moi un gars d'ici. Tout le monde pense que les paysans c'est des durs, et qu'ils encaissent tout sans souffrir et ne sentent pas la tristesse passer sur eux. Mais ce n'est pas parce qu'ils ne desserrent pas les lèvres qu'ils ne ressentent rien. Au contraire. Souvent à l'intérieur ça bouillonne. Une fois, avec mon père, on avait rendu visite à un voisin qui s'était fait enlever ses vaches à cause d'une maladie qu'elles avaient attrapée en mangeant de l'aliment avec, paraît-il, des saloperies dedans. L'une d'elles tremblait, constamment apeurée, et peut-être que, vraiment, elle avait peur en sentant la mort s'amuser avec elle. Les autres vaches, c'étaient toujours de bonnes bêtes et elles donnaient du bon lait, mais toutes avaient été emmenées. Nous étions venus l'aider deux jours plus tard, pour remettre son étable en ordre, en profiter pour apporter quelques changements dans sa salle de traite. Il ne parlait pas des vaches qui étaient parties, même si un voisin nous avait dit qu'il était resté toute la nuit à l'étable le jour avant la saisie et que, visiblement, il n'avait pas dormi non plus la nuit suivante. Mais ce jour-ci il ne parlait que de l'avenir, des nouvelles bêtes qu'il allait prendre. Cette fois, il n'écouterait pas les gars de la Chambre d'agriculture qui avaient prétendu que ça améliorerait la production de son troupeau s'il leur donnait de cette farine. Il espérait aller plus vite et moins se fatiguer à la traite en prenant une nouvelle machine, mais qu'à part cette amélioration de la salle de traite et dans la rotation des prés, dorénavant, il allait faire de la manière que son père lui avait apprise et pas comme le type du Crédit agricole lui conseillait. Tout ça, il l'avait annoncé d'un air sûr de lui et en très peu de mots. Oui, c'était peu pour trois heures de boulot avec deux voisins, mais nous on n'insistait pas, on savait que les gars d'ici, ils sont comme ça. On était rentrés chez lui pour boire dans de grands bols remplis de sucre un café trop clair et il était resté plusieurs minutes à la fenêtre sans rien dire.

« Quand même, cette histoire, ça me trotte », il avait enfin soufflé.

C'est rien du tout, « ça me trotte », comme phrase, trois mots lâchés l'air de rien, avec un soupir de déception. Mais ce sont trois mots qui signifiaient beaucoup plus que tout ce qu'il avait dit avant, pendant toute la journée. Seulement, lui, pas plus que les autres, n'avait appris les mots qui servent à dire qu'on a mal, qu'on est blessé et abattu de perdre ce que l'on aime et ce pourquoi on se bat depuis des générations, dans ce combat inscrit dans les corps souvent malmenés par les bêtes qui donnent des coups de corne quand elles sont énervées, ou vous marchent sur le pied sans faire attention et vous brisent les orteils ou bien vous coincent contre une barrière et vous fêlent une côte. Mais vous continuez à les aimer malgré ça, car elles travaillent dur à donner leur lait ou autrefois à tirer le char à foin. Et vous savez que tout ça ne sera pas mis sur la balance dès l'instant où l'on apprendra que vos bêtes ont chopé cette foutue maladie. Tout ce qu'ils croiront, c'est que vous êtes idiot d'avoir donné de cette farine à vos vaches alors qu'ils le savent, eux, qu'elle n'est pas bonne, ils l'ont lu dans les journaux. Et d'ailleurs, ajouteront-ils, les anciens eux ne faisaient pas ça, rien que de la bonne herbe qu'ils leur donnaient, à leurs vaches, et pas des aliments ou on ne sait quoi. Mais lui, le paysan, celui qui fait ce métier aujourd'hui, il le sait que les anciens ont bon dos et que ses parents à lui auraient agi pareil s'ils avaient pu. S'ils avaient eu des machines qui labourent si profond et aussi facilement, ils les auraient achetées plutôt que de se casser les reins avec une vieille charrue qu'il fallait arrêter à chaque fois qu'elle cognait un caillou. Dieu sait qu'il y en a, des cailloux, sur le dos de cette fichue montagne. A force de tomber dessus, les hommes ont monté d'énormes murs le long des prés. Pareil pour l'aliment. Si les anciens avaient pu s'économiser à rentrer un peu moins de foin ou à récolter un peu moins de céréales, ils auraient signé des crédits sans hésiter. Quoi qu'en disent les journaux ou les gens qui croient savoir alors qu'au fond tout ce qui les préoccupe, c'est d'acheter du beurre pas cher dans les supermarchés. Pas assez cher, en tout cas, pour la peine des paysans. Et puis même ainsi, le paysan, il doit croire qui plus que l'autre ? Celui qui lui prête de l'argent et qui lui conseille de suivre les avis du technicien de la Chambre, qui vient le voir tous les mois et réfléchit avec lui à ce qu'il faudrait pour que ça tourne mieux dans sa ferme ? Ou le journaliste qu'il n'a jamais vu, et qui bien souvent lui casse du sucre sur le dos ?

Dans ces trois minuscules mots, « ça me trotte », il y a tout ça et ça fait qu'ils sont très lourds, beaucoup plus lourds que des mots normaux, qui ne portent que leur propre poids.

« Ça va aller », a simplement murmuré mon père en réponse. Et je crois que, lui aussi, il mettait tout un tas de sentiments et de pensées dans ces petits mots. Moi je n'avais pas trop compris, j'étais trop jeune. Par la suite, le père est allé souvent l'aider, ce voisin, et je crois que maintenant ça va mieux pour lui. Marie-Louise me dit la même chose. Ces trois mots-là en me serrant contre elle. « Ça va aller. » Et je sens qu'elle pleure en disant ça, et je comprends qu'elle y met beaucoup de poids, qu'elle ne le dit pas à la légère, histoire de masquer le silence, et du coup ça me fait du bien et ça me rassure.

En début de soirée, elle est partie travailler et m'a laissé seul. C'est une des rares au village qui vit dans un appartement, surtout en location. Dans le coin, tout le monde veut devenir propriétaire, avoir une maison et son bout de pelouse à tondre. La tondeuse, c'est le signe extérieur de bien-être de notre époque. Les seuls qui louent des appartements sans que ça s'accompagne de l'impression d'avoir raté leur vie sont les jeunes qui ne veulent plus rester chez leurs parents mais n'ont pas assez d'argent pour voir plus grand. Mais elle, elle assure que ça lui coûte une bouchée de pain, que ça arrange le propriétaire, un ancien cheminot qui habite dans le village d'à côté et a récupéré le bâtiment à la mort d'un parent. Elle, ça lui permet de travailler à temps partiel en ayant encore de quoi vivre, et aussi de voyager dès que ça lui chante et puis de s'acheter plein de livres. Avec mon père, ils se sont bien trouvés là-dessus, c'est sûr.

Avant de partir, elle m'a dit qu'elle allait appeler ma mère, si les gendarmes ne l'avaient pas déjà contactée. Mon père lui avait donné ses coordonnées pour la prévenir si jamais il nous arrivait un problème. Elle espérait que le numéro de téléphone serait encore bon. On ne connaissait pas le jour où mon père serait enterré, à cause de l'autopsie, mais elle allait se renseigner.

Il fait déjà sombre à l'heure où je regarde par la fenêtre passer les voitures des habitants qui reviennent de leur travail à la ville voisine. Il ne faut pas loin de trois quarts d'heure pour s'y rendre les jours où la route est bonne, mais ils prétendent tous qu'ils y gagnent en qualité de vie. Ils ont ajouté de grands garages en moellons aux vieux corps de ferme en pierre et fermé le tout par des haies de thuyas qui ne sont pas du tout des arbres d'ici mais ont l'avantage de pousser bien vite. Ils s'entourent aussi d'objets, s'en construisent un grand mur qui les dépasse et qui leur bouche l'horizon. Ils ont beau dire que le matin ils voient la montagne, c'est à ça que se résument leurs quinze minutes de verdure quotidienne, un coup d'œil par la fenêtre au réveil. Et puis ils se dépêchent de partir en ville pour travailler, pour acheter des téléphones, des ordinateurs ou des robots ménagers, de nouvelles briques à ajouter à leur mur d'objets.

J'ai du mal à comprendre, à accepter même, ces allers-retours entre un travail et une maison où l'on est à chaque fois enfermé entre quatre murs. Que l'un puisse justifier l'autre m'échappe tout autant et me semble un calcul dans lequel rien n'est désirable. Mon père m'a instruit à l'école de la montagne et des animaux. Ce qu'il voulait, c'était me faire sentir ce qu'il ne pouvait qu'imaginer, car il avait grandi au milieu de la ville, les sens atrophiés par les lumières trop fortes, par les odeurs chimiques et les gaz d'échappement. Quand les yeux s'aident toujours de la lumière électrique, ils finissent aveuglés et ne peuvent plus voir dans le noir. Mon père était pourtant persuadé que les hommes avaient un jour su voir dans l'obscurité, avaient su distinguer le crissement des pas d'une souris sur la neige de ceux d'un lièvre ou d'un loup. Nuance subtile, mais souvent vitale.

Mon père ne m'a pas appris à le comprendre lui-même. Il m'a instruit de ce qui lui semblait nécessaire, mais je suis resté un enfant sauvage. Je sais suivre la piste des animaux en chasse, mais je ne sais pas lire le cheminement d'un homme dans sa propre vie. Je ne sais véritablement ni d'où vient mon père, ni ce qui l'a poussé à s'installer ici.

Je voudrais que Marie-Louise m'explique, qu'elle reprenne les leçons là où il les a abandonnées. Elle ne rentrera qu'au matin, mais peut-être qu'elle aura la force de commencer cet enseignement qui me manque. Je veux qu'elle me parle de mon père, et me dise ce qu'elle sait de ma mère.

Je m'assoupis en l'attendant. Lorsqu'elle rentre, je me rends compte que je me suis vraiment endormi. Elle tourne doucement la clé dans la serrure.

« Tu n'as pas dormi ? demande-t-elle, en voyant que j'ai laissé allumée la lumière au salon. Ça va, Martin ? »

J'attends qu'elle pose son sac dans l'entrée et qu'elle vienne s'asseoir à côté de moi pour la questionner :

« Qu'est-ce que mon père t'a raconté sur ma mère ? Pourquoi il t'en a parlé à toi et pas à moi ?

— Martin, il ne m'a pas dit grand-chose. On ne parlait plus de ça depuis un moment. Et puis tu sais, ton père c'était pas un bavard.

— Tu lui avais rien demandé ?

— Si, un peu, quand on a commencé à se connaître assez bien. Je lui ai demandé qui c'était, ta mère, pourquoi ils n'étaient plus ensemble. Pourquoi elle venait pas te voir. »

Je ne dis rien et pendant un long moment, la pièce se remplit du vide de nos voix. Marie-Louise me regarde avec un air désolé qui donne un frisson que je réprime en secouant la tête.

« Tu veux une tisane ou quelque chose ? »

Je la suis pour ne pas qu'elle arrête ses explications à cet air triste qui pourrait vouloir dire n'importe quoi.

« Alors, c'est qui, il t'a dit ? Pourquoi il voulait plus la voir ?

— Je ne sais pas bien. Il voulait pas en parler en détail. Ils étaient à la même fac, ils travaillaient ensemble. Mais elle, elle était déjà mariée.

— C'est pour ça qu'elle est pas venue là, avec nous ? »

Quand je demande ça, je vois le regard de Marie-Louise qui s'assombrit. Elle baisse les yeux vers la théière qu'elle est en train de remplir et elle serre les lèvres pour réprimer des pleurs. Je m'en veux de lui avoir demandé ça si directement. Avec le père, elle aurait voulu avoir un peu plus que ce qu'il avait accepté de lui offrir. Ma mère, dans d'autres circonstances, ça aurait pu être elle, elle se dit sans doute.

« Ton père... il en demande toujours trop. Ça peut faire peur aux gens. Ça a dû lui faire peur, à elle. Ils se disputaient. Il l'a menacée de partir avec toi et elle lui a dit de le faire, s'il voulait vraiment. Je crois qu'ils se sont séparés quand tu avais un an. Moi, quand vous êtes arrivés, je voyais qu'il prenait soin de toi, mais je pensais que ça aurait pu te faire du bien d'avoir une maman. »

A nouveau, le silence interrompt ses explications. Et mon envie de savoir devient moins pressante devant celle de me réfugier dans ses bras à elle, même si c'est pas ma mère. Dans son silence, je comprends qu'elle aurait voulu entrer dans notre vie, s'occuper de moi tel un enfant qu'elle n'a pas eu, partager un foyer. Mais mon père était trop avare de la vie qu'il s'était construite pour l'ouvrir complètement. Il avait peut-être trop peur que cela chamboule tout. Je lui en veux en pensant à ça. Pas que j'aie envie, aujourd'hui, d'avoir Marie-Louise pour maman, non, c'est par rapport à elle que je trouve qu'il n'a pas été juste, qu'il aurait pu lui offrir ça et que ça ne lui aurait pas coûté sa liberté à lui. Ce ne sont pas les allers-retours au travail de l'un d'entre nous qui auraient pu nous changer, peut-être qu'au contraire ça aurait renforcé notre indépendance, qu'on aurait pu regarder le monde en étant une famille complète. Pendant que je pense à tout ça, Marie-Louise continue :

« On voyait bien que c'était dur, pour lui, au début. Il devait remettre en état votre maison, enfin il y avait que la grange encore, et s'occuper de toi. T'avais quoi ? A peine plus de deux ans. On s'est vite rencontrés, nous deux. Moi, je venais de me réinstaller dans la région, après des histoires un peu nulles avec des mecs en ville je voulais rompre avec tout ça et je suis revenue. Tu l'aurais vu descendre du toit quand il t'entendait pleurer, pour te rassurer ou jouer un moment avec toi. Alors je venais m'occuper de toi quand je pouvais.

— Et ma mère, elle est jamais venue ? »

Marie-Louise tient toujours sa théière comme si elle allait me resservir, mais elle ne verse rien. Elle me regarde comme si elle allait dire quelque chose d'important, sans qu'aucun son sorte de sa bouche. Je lis dans ses yeux un désarroi que je ne lui connaissais pas. Elle n'ose pas le dire, elle cherche une manière, son regard se perd, ça ne vient pas.

« Elle voulait pas s'occuper de moi, c'est ça ?

— Il disait que tu lui ressemblais, à ta maman. Que des fois, en te regardant, tu la lui rappelais et que ça lui faisait mal. Je crois qu'il aurait voulu vous amener ici tous les deux, mais elle était perdue, elle allait pas bien, et ça a craqué avant. »

7

Deuxième semaine sans le père

J'ai passé trois jours chez Marie-Louise. Le temps de me reposer un peu de ma solitude là-haut, à la cabane, et aussi de toucher du doigt ce qui s'était passé pour que ma mère refuse de venir, le désaccord qui avait brisé mes parents pour qu'ils n'arrivent pas à se partager leur enfant. Je passais mon temps dans son salon, à jeter un regard mauvais sur la vie dehors, l'accusant de m'avoir enlevé le père, oscillant entre la rage d'avoir été abandonné par ma mère et le désir de la revoir au plus vite. Quand Marie-Louise revenait du travail, je l'accablais de questions.

« Ils se disputaient tout le temps. » Les mots qu'elle avançait ne me suffisaient jamais. « Elle ne se sentait pas capable de te garder toute seule si ton père partait à la campagne. » Je reprenais l'interrogatoire au début, à ma naissance, ou même avant, à leur rencontre, à tout ce que Marie-Louise ne pouvait évidemment pas savoir. Elle me restituait les bribes que mon père lui avait concédées.

« Ta mère est retournée avec son mari, elle a été enceinte à nouveau un peu après. Tu devais avoir dans les deux ans. La grossesse a été difficile et le bébé, une petite fille, était en mauvaise santé. Elle ne pouvait pas s'éloigner de l'hôpital et entre-temps vous étiez déjà partis. Ça a duré presque trois ans sans qu'elle donne de nouvelles ou que ton père en prenne. »

Je ne sais pas si je continuais à poser des questions vraiment pour en apprendre plus, ou plutôt pour exorciser ce passé qui me revenait sans que je l'aie convoqué. Alors, quand j'ai senti que Marie-Louise était à bout de nerfs, et que, de toute façon, elle m'avait déjà raconté et répété tout ce qu'elle savait de ma mère, je suis remonté à la cabane.

Tout faire seul, dans une petite ferme, si on n'a pas d'autres préoccupations, ça va. On trouve même un peu de temps pour s'asseoir sur la grosse pierre posée devant le mur de la maison et qui sert de banc, le dos contre la paroi chauffée par le soleil, à regarder les nuages qui passent ou le vent qui joue avec les cimes des arbres. Mais dès qu'il y a des événements extérieurs qui viennent tout chambouler, ça devient très compliqué. Comme moi avec les vaches, que j'ai du mal à traire. J'ai accepté de laisser un peu tomber le reste, mais elles, je ne peux pas les abandonner.

Pendant mon séjour chez Marie-Louise, j'ai demandé à un voisin d'aller traire les bêtes.

« C'est bizarre de refaire à la main, comme avant », il a dit. Il y a des gens qui croient ennuyeux d'habiter dans une ferme isolée, mais il me semble que c'est le contraire. Je pense que c'est en habitant dans une maison au milieu des autres qu'on doit s'ennuyer. Chez moi, j'ai toujours à faire, une bête dont je dois m'occuper, un bout de la baraque à retaper, des légumes à mettre en conserve. Ensuite, on part dans la forêt, on ramasse des châtaignes ou des champignons. Le corps et l'esprit sont toujours actifs, bien que, parfois, ils ne pensent pas tous les deux aux mêmes choses. Mais ça, justement, c'est bon. Les mains pensent à fabriquer une grosse caisse pour mettre le compost et la tête pense au livre lu la veille. Les jambes qui marchent dans la forêt laissent les oreilles libres d'écouter le bruit des feuilles qu'on écrase, et les idées s'envolent au-dessus de la cime des arbres. Toutes ces choses que j'imagine impossibles en ville, dans un bureau.

Le problème, c'est que maintenant que je me retrouve seul, des tâches à remplir, j'en ai trop. Et je n'arrive pas à défaire ma pensée de listes de corvées qui s'allongent. Alors c'est décidé, les vaches, il va bientôt falloir les emmener chez un voisin. Qu'il s'en occupe. Ça ne va pas être facile pour elles, car elles ont l'habitude de cette étable et de ces prés, l'habitude aussi de sortir souvent même à cette période, tandis que les voisins, eux, les rentrent bien plus tôt et les laissent à l'intérieur toute la mauvaise saison.

Je suis retourné à la mare. J'ai contourné par en haut pour bien voir, sans passer la limite installée par les gendarmes. Dans les joncs, il restait une zone où tout était écrasé, et où le sol paraissait plus sombre. C'est dans ce renfoncement qu'était le corps. C'est comme si la montagne voulait se souvenir encore un peu, qu'elle voulait rappeler que quelqu'un d'important avait été tué là, un peu à la manière de ces plaques dans les villages qui disent que des résistants ont été fusillés par l'occupant sur cette place pendant la guerre. Au bord d'une mare perdue, ça va durer moins longtemps comme hommage, et, aussi, il y aura moins de monde pour le voir, c'est sûr. Même s'il n'était que pour moi, ce signe serait déjà d'une grande force. Mon père aimait la montagne comme un résistant. Elle l'effacera à la prochaine pluie, quand les joncs se redresseront et que le sol redeviendra d'un vert brillant, mais pour l'instant je sais qu'elle se souvient de lui, tombé ici.

Au village, toutes les conversations s'arrêtent lorsque j'entre à l'épicerie. Mais ce matin, je sens que ce n'est pas pareil. Jusqu'à présent, les clients s'arrêtaient de parler parce qu'évidemment la discussion portait sur la mort de mon père, même s'ils n'avaient rien de vraiment intéressant à raconter. Simplement des commérages. Cette fois, par contre, il y a un arrêt plus franc. On peut mesurer la sincérité des gens à l'épaisseur de leur silence. Ils m'ont regardé bien droit, alors que d'habitude ils évitaient plutôt mon regard, ils faisaient mine de ne pas me voir, ou plutôt prétendaient que j'étais un client parmi d'autres. Là, leur regard me questionne, me sonde. Est-ce que je suis au courant ? C'est ce que me demandent ces visages tournés, sans qu'une bouche ose le prononcer de manière qu'on puisse complètement l'entendre. Mais moi, je passe mes journées chez Marie-Louise à penser à préparer la ferme pour l'hiver. Leurs dernières théories sur la mort de mon père, je ne suis pas au courant, non, et j'ai pas envie de l'être. Mais aujourd'hui que je tourne dans les rayons de l'épicerie, je sens qu'ils n'arrêtent pas de me regarder et Bernadette s'approche de moi. C'est elle qui tient l'épicerie, Chez Louis, qui était un restaurant avant mais qui aujourd'hui ne fait plus que bar. Surtout, elle vend nos fromages, au père et à moi. Elle me prend délicatement le bras et me demande doucement :

« Tu ne sais pas la nouvelle, Martin ? Les gendarmes ont une piste, pour ton père. Et cette fois, c'est pas comme ce que racontent tous les clients. »

Comme je ne réponds rien, elle poursuit :

« Ils ont relevé des traces à l'endroit que tu leur as dit, et il y avait les mêmes vers les fouilles géologiques. Et ils savent qui les a laissées. C'est le gars qui a fait des fouilles dans tout le reste de la vallée, pour le compte d'une société canadienne à ce qu'on dit. Pour l'uranium. C'est Bernard Manet. Personne s'en souvenait, mais il paraît qu'il a été géologue avant de s'installer par chez nous. Pour cette société, justement. »

En entendant ça, je ne lui laisse pas terminer sa phrase, je laisse tomber le sac de riz que j'allais acheter. Je n'ai que deux cents mètres à parcourir pour aller à la gendarmerie, pourtant il y a tout un tas d'idées qui ont le temps de passer au travers de ma tête avant que j'y arrive.

Manet, c'est un type d'un village de la vallée d'à côté. Il vit dans un mobile home plus mobile du tout. Il a ajouté des cloisons en bois autour qui tiennent tant bien que mal et donnent à l'ensemble l'air d'une termitière qui aurait trop grossi et s'effondre sur elle-même. Ses chiens de chasse sont dans un enclos juste devant chez lui. Pas du tout assez grand, l'enclos. Les animaux piétinent et grattent à longueur de journée si bien qu'il n'y a plus un brin d'herbe et que dès qu'il pleut ça devient tout boueux et les chiens sont dégueulasses. Il leur envoie des restes de bouffe quand ça lui chante. Pas assez. Il pense que ça les rend meilleurs à la chasse. Ils te chopent un lièvre sans même que celui-ci se rende compte qu'il était pisté. Ça économise les balles pour le grand gibier, qu'il braconne en dehors des périodes officielles.

Quand on parle de meurtre, tout le monde pense tout de suite à des raisons compliquées, à une vengeance pour un affront vieux de trente ans. On a peur d'un psychopathe qui viendrait vous égorger dans votre sommeil, pour le seul amour du sang. La société a besoin de ces mythes pour se rassurer sur elle-même, pour se dire que ce n'est pas elle qui crée la foule des meurtres banals. Car dans la plupart des cas le responsable connaît sa victime. Le plus souvent, c'est un mari qui tue sa femme, ou un voisin qui sort son fusil, chargé de haines ressassées jusqu'au trop-plein. Les meurtres sont, pour la plupart, assez faciles à élucider.

Ici, ce sont des histoires de chasse qui dégénèrent, des batailles pour un bout de terrain ou pour une bête qui gueule trop fort la nuit. Un jeune qui fait pétarader sa moto et l'on en vient aux mains. Il tombe sur une pierre et c'est l'hémorragie cérébrale.

Personne ne l'a voulu, mais chacun devra le porter jusqu'à la fin de ses jours.

Manet et mon père, ils ne pouvaient pas se croiser sans s'engueuler. L'isolement de notre ferme ne nous prémunissait pas contre son braconnage. Au contraire, il devait nous prendre pour des gêneurs, à être venus nous installer là, au milieu de son terrain de jeu. Ça rendait mon père fou que l'on puisse encore piéger des lièvres au collet, les laissant agoniser de longues heures avant de venir les achever, et il passait parfois dans les coulées pour faire sauter les pièges. Un jour, il était tombé sur un renard, pris à la patte, qui commençait à se la sectionner lui-même pour s'enfuir. L'animal avait planté ses yeux dans ceux de mon père, fou de rage, comme s'il était le responsable de ses souffrances. Mon père m'avait montré l'endroit où cela avait eu lieu. Dans tout le rayon où le collet permettait à l'animal de bouger, l'herbe était piétinée et couverte de fines traînées de sang.

« Tournier, je vais me le faire », il répétait parfois, Manet, au bar, quand il avait trop bu et qu'il racontait, rigolard, ses dernières prises hors saison et les problèmes que mon père lui causait. Personne ne bronchait. Ni pour les menaces ni pour le braconnage. Les animaux, c'est pas fait pour déclencher la compassion. Et les menaces, ma foi, ne sont que des mots. Tout le monde peut en lancer, par moments.

Seulement, cette fois, certains avaient fait le lien entre les provocations du braconnier et la mort de Jean-Claude Tournier. Ils étaient allés parler aux gendarmes.

Le portail de la caserne est ouvert et je m'y engouffre, je tombe directement sur le jeune Corse qui avait cherché à me réconforter.

« Doucement, doucement ! lance-t-il en me voyant entrer. Martin, calme-toi. »

Je m'apprête à lui lâcher, à lui crier tout ce que j'ai sur le cœur. Mes soirées d'attente à savoir ce qui s'est passé, le fantôme venu me rendre visite, l'absence du père, sa poursuite dans la forêt, son cadavre à moitié rongé au bord d'une mare boueuse, le type qui l'a tué, ce type de la vallée d'à côté, mon incompréhension de tout ça, pourquoi, pourquoi ? Mais il m'arrête net. J'ai à peine le temps d'ouvrir la bouche, de penser à toutes ces idées à lui cracher à la figure pour m'en décharger, mais aucun son ne veut sortir de mes lèvres qui se tordent et il me coupe sans que je puisse faire autre chose que le regarder avec des yeux pleins de fureur :

« Du calme, je sais ce qui se passe. Ne dis rien, on va t'expliquer. »

Je le dévisage à nouveau, interloqué. M'expliquer ? Alors que visiblement la rumeur court déjà dans le village, que des personnes pour qui mon père n'était parfois rien de plus qu'un allumé qui vivait tel un ours dans la montagne ont su avant moi ce qui lui était arrivé ? Qu'est-ce qu'il y aurait bien à expliquer ? Que quelqu'un de chez eux n'a pas su tenir sa langue ? Mais il ne me laisse pas l'occasion de dire quoi que ce soit. Il me prend par l'épaule et me pousse jusqu'au bureau de son chef, où il me fait asseoir.

Le type a l'air calme et sûr de lui. M'être fait secouer par le Corse m'a un peu calmé et je me tais, mais je le regarde comme un animal sur la défensive, prêt à lui sauter dessus s'il essaie de m'embobiner. Ce n'est pas que je leur fais pas confiance, mais aussi, ils ont une manière de dire les choses comme s'ils voulaient qu'on les comprenne pas. Il essaie de percevoir ce qui se passe dans ma tête. Je vois bien qu'il n'y arrive pas, sinon il n'aurait pas ce regard assuré.

« Monsieur Tournier… »

Aux premiers mots, à sa manière de parler, je perds pied. Ce qu'il me sert, c'est un numéro d'équilibriste, ou de langue de bois. Il n'affirme rien, il n'est sûr de rien, mais il avance tout un tas d'hypothèses et c'est à moi de faire le tri. C'est tout en « nous soupçonnons », « nous attendons des confirmations », « il faut rester prudent »… Dans tout ça, pourtant, surnage un nom, qui apparaît plusieurs fois, et même s'il n'est jamais tout à fait accolé aux mots « meurtrier » et « assassin », ni trop près du nom de mon père, c'est la seule chose qui s'imprime complètement dans mon cerveau. Bernard Manet.

Il s'arrête un instant qui semble durer une éternité. Je regarde autour de moi sans rien voir vraiment, je crois que je suis à deux doigts de m'effondrer et j'essaie de m'accrocher à mes pensées, à ce que j'étais venu leur dire, à ce que j'ai enduré ces derniers jours, mais tout ça me fuit. Lorsque je pose à nouveau les yeux sur lui, il reprend :

« Nous allons continuer nos investigations au domicile de monsieur Manet, ainsi que sur la scène du crime pour tenter d'en déterminer les raisons. Mais nous allons pouvoir vous rendre le corps de votre père.

— Et la société minière ? je lui demande, tendu. Personne va les embêter, eux ?

— Attendez, pour le moment, ça, ce n'est qu'une rumeur. Rien ne relie Bernard Manet à quelque entreprise minière que ce soit. C'est sûrement lui qui a entamé les fouilles que vous avez trouvées, mais rien ne prouve qu'il ne les avait pas menées de sa propre initiative. C'est toujours séduisant, l'histoire de la grosse compagnie qui lance des opérations secrètes et élimine les gêneurs. Mais la réalité est souvent beaucoup plus minable. »

C'est suite à ça que j'ai décidé de rentrer chez moi. Je voulais retrouver mes bêtes, la forêt, les rapaces qui passaient au-dessus de moi au matin. M'enfermer dans le petit espace construit par mon père, m'y protéger de l'ombre auprès des flammes du poêle et ne plus rien avoir à faire avec la société des hommes. S'il fallait me faire animal, je connaissais leurs chemins. Je deviendrais ours, comme les vieux garçons dont me parlait Marie-Louise. Ce sont peut-être eux qui ont raison.

Devant la mare où j'ai retrouvé mon père, je me surprends à lui parler. L'enterrement a lieu demain, mais ce n'est pas au cimetière que je lui dirai au revoir. Son esprit flotte dans la montagne, pas en bas au village. Je lui explique ce qui s'est passé en son absence. Mado pense que c'est aussi pour ça que les fantômes reviennent, pour savoir comment va le monde sans eux. Faut leur parler, ça les calme, ça étanche leur soif, leur désir pour le monde tangible, comme s'ils étaient tout secs et qu'ils avaient besoin de nous, de nos expériences, pour se remplir. Je m'attarde à propos des gendarmes et dis très doucement, en me penchant pour que les joncs transmettent le message : « Pardon. » Je lui demande de ne pas m'en vouloir d'être allé les voir, de leur avoir dit qu'il était mort et surtout qu'il était revenu comme fantôme. Ça, ça aurait dû rester entre nous. Mais je me suis rendu compte de mon erreur, ensuite. Et puis je pense qu'ils ont oublié. Ou au moins, maintenant, ils font semblant. Je lui raconte aussi la tristesse de Marie-Louise, lui dis combien je pense qu'elle l'aimait. Je lui parle enfin de nos vaches, de comment elles étaient à l'attendre au début, lui raconte leur nervosité quand c'est moi qui venais les traire le matin au lieu de lui, mais que depuis deux ou trois jours elles vont mieux et sont plus calmes. Je lui avoue mes hésitations à les garder toutes parce que ça me fait trop de travail.

En parlant à mon père, ou à son esprit, ou juste à moi-même peut-être, me reviennent les doutes et les interrogations sur mon avenir ici, mon désir d'échapper au voisinage des hommes. Avec la nourriture que j'ai au garde-manger, j'ai de quoi tenir jusqu'au printemps, jusqu'à ce que l'ail des ours et les pissenlits verdissent, puis les orties et les jeunes feuilles de hêtre et de bouleau.

« Papa, demain, il y a ton enterrement. Va y avoir du monde, sûrement plus d'un coup que t'en as jamais vu. Plus encore qu'aux réunions publiques contre le barrage, il y a dix ans. Peut-être même le maire, dis. Et le chef des gendarmes. C'est bizarre, non ? »

En énumérant les personnes qui viendront, que mon père aimait ou pas, mais qui se montreront sûrement, je me rends bien compte que j'évite le plus important, que je n'arrive pas à lâcher ce que j'attends vraiment.

« Papa, demain, à ton enterrement, il va y avoir ma mère. Elle est comment, ma mère ? »

8

Premier jour avec la mère

Quand elle est arrivée, j'ai tout de suite vu que c'était elle. Les personnes qui vont aux enterrements, sauf si c'est celui de leur mari, de leur mère ou de leur enfant, restent en retrait, sur le côté. Ils ne se mettent jamais dans l'axe de la souffrance des gens, comme si ça pouvait les contaminer. Les plus proches parents, eux, ne peuvent pas y couper, ils sont le premier rempart entre celui qui est mort et le monde des vivants. Marie-Louise s'était occupée de tout et elle estimait que mon père n'aurait pas voulu d'une cérémonie dans une chambre funéraire impersonnelle, mais qu'il aurait préféré être dehors. L'église, il n'en était pas question, mais ça, ça ne faisait aucun doute. Elle avait obtenu l'autorisation de simplement emmener son corps au cimetière du village et de rester devant, un moment, pour se recueillir et dire un mot. Et puis, ça serait plus joli, car le cimetière est perché à flanc de montagne, pas bien haut, non, mais il se détache un peu du village, comme si les morts voulaient prendre la porte de derrière pour s'échapper vers les hauteurs alors que nous, les vivants, on s'obstine à les garder entre quatre murs si bien que la majorité des gens, qui passent déjà toute leur vie enfermés, restent, une fois morts, dans un grand pré fermé à double tour.

Et ma mère est arrivée. Elle avait dû se garer un peu plus loin et elle s'est approchée à pied, mais au lieu de rejoindre les petits groupes qui se formaient de loin en loin et de regarder en coin vers ce cercueil que tout le monde redoutait, sûrement encore plus cette fois où c'était un meurtre et où on avait retrouvé le corps seulement bien plus tard, ce qui faisait que le mort ne devait être pas beau à voir, raison pour laquelle on n'avait pas laissé le couvercle levé, elle est venue tout droit vers lui. Et vers moi.

J'ai cessé de respirer quand son regard a croisé le mien, alors qu'elle était encore à une dizaine de mètres de moi. Elle a baissé les yeux pour s'assurer que ses jambes ne se prenaient pas dans celles des personnes qu'elle contournait pour venir jusqu'à nous, mais aussi comme pour s'excuser de son apparition. Des sentiments enfouis voulaient remonter en moi. Des sentiments qui s'étaient tapis au cœur de la forêt, là où personne ne va, car même la lumière n'entre pas, dans l'entrelacs des branches basses aux mille et mille épines, où le sol est instable car les mousses qui le recouvrent sont trop épaisses pour qu'on en retrouve la surface. Cet endroit que l'on a tous en soi, qu'on se ferme à soi-même et où l'on cache ce que l'on ne veut plus voir. De ce lieu interdit me remontait la reconnaissance intime de cette personne qui avançait vers moi et qui, me soufflait le vent d'automne, allait m'être rendue.

Elle est allée droit vers Marie-Louise et a déposé un baiser sur sa joue en lui serrant doucement l'épaule.

« Merci de m'avoir prévenue, lui a-t-elle soufflé simplement.

— C'est normal, Pauline », a répondu Marie-Louise.

Et voilà comment j'ai appris seulement maintenant que ma mère s'appelle Pauline.

Puis, elle s'est tournée vers moi, m'a attrapé le bras et m'a regardé, l'air de suggérer qu'on avait beaucoup à se dire tous les deux, mais un peu plus tard. Moi j'étais un peu pantois et je la regardais avec de grands yeux. Je ne sais pas si j'avais envie de lui sauter au cou ou de me dégager, d'ôter sa main et de partir en courant. Mais avec tout ce monde je n'ai osé faire ni l'un ni l'autre et j'ai simplement acquiescé de la tête.

C'était impressionnant, tous ces gens réunis. Depuis que les anciens amis de mon père avaient peu à peu cessé de venir, parce que ça faisait trop loin de leur vie de venir jusqu'à la nôtre, nous voyions presque seulement des voisins qui passaient manger une soupe et boire un coup, ou parfois ceux qui menaient leurs chèvres dans le massif et descendaient jusqu'à chez nous. Ils étaient jeunes et ça me faisait plaisir de les voir, forts et beaux avec leurs cheveux en bataille et leurs barbes drues laissées à pousser. Ils avaient les yeux qui brillaient de liberté et ils aimaient venir échanger quelques mots et un bout de leur fromage de chèvre contre des légumes, un peu de vin et de gnôle. Aujourd'hui, on aurait pu remplir le cimetière. Sûr que les morts, ça faisait des années qu'ils n'avaient pas assisté à un tel enterrement. Probablement pas depuis la mort d'un ancien maire, à une époque où il y avait bien plus d'habitants au village. Et encore, le jour où on enterrait le maire, ce n'était qu'une moitié des habitants qui venait, ceux qui étaient d'accord avec lui, et l'autre moitié restait chez elle. Le seul qui se sentait obligé, c'était le curé, bien que le maire n'aille jamais à la messe et qu'ils ne soient jamais d'accord sur ce qu'il fallait dire aux habitants. Sur ce point tout de même, c'était le maire qui avait le dernier mot. Mais au moment où l'édile mourait, c'était le curé qui avait à conclure. Enfin, pour mon père on ne ferait pas de querelle de chapelle.

Marie-Louise a remercié tout le monde d'être là et a dit un mot sur l'amour de mon père pour ce village, sur son choix de venir s'y installer et de le défendre quand il avait fallu, ainsi que pour la montagne, à laquelle il était encore plus attaché. C'était toute sa vie depuis son arrivée, expliquait-elle, et même s'il n'était pas un enfant du village, il avait réussi à le devenir. Cette remarque sur le fait d'être ou pas du village, c'était le signal que l'on pouvait enfin s'approcher et les gens sont venus défiler pour présenter leurs condoléances.

Ce sont les vieux qui sont venus d'abord. Comme si le père avait été l'un d'entre eux. Moi ça ne m'embêtait pas bien sûr, qu'est-ce que ça pouvait changer ? Ça me faisait repenser à la Mado, qui se moquait des randonneurs. Pour les vieux, c'est un peu pareil. C'est comme si le père, en vivant comme il avait choisi, leur avait rendu hommage, ou avait voulu perpétuer je ne sais quel esprit du village. Moi je savais que ça n'était pas ça. Bien sûr, nous remplissions certaines tâches à la ferme à leur façon, ou bien à celle de leurs parents, mais plus du tout à celle de leurs enfants et petits-enfants, qui tous ont choisi « la vie moderne ». Mais nous, ça n'était pas pour vivre comme avant, mais pour rester libres, pour ne pas devoir s'acheter des machines et rembourser l'argent ensuite, pour ne pas avoir plus de vaches qui donnent plus de lait mais ne savent pas aller dans la montagne et qui ont besoin d'une étable moderne dans le creux de la vallée. Et ça, je pense que même les vieux, ils l'avaient un peu oublié, et ça leur donnait le beau rôle, ce jeune qui travaillait à la manière d'avant. Et ça leur permettait de sermonner leurs enfants : « Regarde ! Toi, tu serais pas fichu de faire comme on a fait… » Mais je pense que tout le monde est plus ou moins capable, et que la question c'est de savoir de quoi on a envie, plutôt que de s'aligner sur ce que font tous les autres.

Ils passent tous devant Marie-Louise, ma mère et moi, en nous saluant d'une poignée de main et d'un petit coup de tête sec, sans qu'on sache si c'est vraiment ce qu'ils veulent faire ou si c'est juste qu'ils ont le dos tout coincé d'avoir trop travaillé. Certains marmonnent un « Condoléances » un peu étouffé. J'en surprends à regarder ma mère d'un coup d'œil curieux. Ils ont tous compris, mais, même intrigué, pas un ne va plus loin. C'est pas le moment, doivent-ils penser, bien qu'au fond ils meurent d'envie d'en savoir plus, comme lorsqu'une voiture passe devant leur ferme, sûrement la seule de la journée, et que, machinalement, ils tournent la tête à s'en tordre le cou pour voir qui c'est.

En passant, les anciens, ils font une sorte de cortège, dans un ordre qui paraît naturel, mais en réalité, c'est quasiment toujours le même, bien établi, dont le critère principal est bien sûr l'âge, comme si le premier à venir présenter ses regrets était le prochain sur la liste macabre, et puis selon des histoires de terrains, de propriétés. Par exemple, quelqu'un qui avait en fermage la terre d'un autre ne pouvait pas lui passer devant : ça doit remonter au temps des métayers et ça a perduré. Ainsi, ce qui se joue devant nous, même si à leurs yeux on n'est pas complètement d'ici, qu'il faudrait deux ou trois générations de plus, c'est une sorte de danse sociale, de résumé des pouvoirs et des convenances du coin.

Ensuite, ce sont les jeunes qui approchent. Enfin, les personnes de l'âge de mon père et de Marie-Louise, parce que des vrais jeunes, de mon âge disons, il n'y en a plus trop au village, ils sont tous à la fac en ville ou au travail, plus bas dans la vallée. Et puis, eux, ils ne connaissent pas mon père, tandis que leurs parents, ils lui ont tous acheté un fromage ou un peu de viande les fois où on menait une vache à tuer. Ils étaient présents aussi pour l'épisode du barrage, ou d'autres fois où mon père descendait au village. Eux, ils ne suivent pas d'ordre entre eux ou de cérémonie et défilent, en serrant nos mains ou parfois en embrassant Marie-Louise, qui a les yeux tout rouges, et moi aussi, en la voyant, ça me donne envie de pleurer, mais je me retiens d'éclater en sanglots.

Une fois toute l'assistance passée, c'est à nouveau Marie-Louise qui prend la parole. Elle se contente de remercier et explique qu'on va maintenant enterrer Jean-Claude, et qu'on préférerait le faire seuls, mais merci beaucoup d'être venus, il y a un verre du souvenir prévu Chez Louis, buvez un coup à sa mémoire. Puis elle tourne les talons et suit les employés des pompes funèbres qui emportent le cercueil dans le cimetière. Ma mère pose une main sur mon épaule et avance doucement vers l'entrée du cimetière.

« Viens, Martin. »

C'est la première fois que je la sens. Que ma mère me touche vraiment. A part sûrement quand j'étais bébé. Je sens qu'elle est toute proche de s'effondrer. Son bras tremble et sa main accroche très fort mon poignet comme si, sans cet appui, elle allait tomber. Marie-Louise le remarque et vient doucement se mettre à côté d'elle et la soutient avec moi.

On n'a pas lâché un mot pendant que mon père était mis en terre. Dans un coin de ma tête, je pense qu'il aurait préféré reposer auprès du grand hêtre, en haut, dans notre clairière, mais on n'a pas eu le temps de se préparer à ça. Peu importe en réalité, car j'ai de nombreux endroits où je pourrai lui parler, où je sais qu'il sera désormais. Son esprit est plus important que le corps qu'il y a là, dans cette boîte et dans ce trou.

« Tu habites toujours dans la cabane ? » m'a demandé ma mère.

Nous étions chez Marie-Louise, qui nous a tout de suite laissés seuls pour partir à son travail. Au village, on n'avait nulle part ailleurs où être tranquilles et je ne voulais pas emmener tout de suite ma mère chez moi, ne sachant pas, de toute façon, si elle serait capable d'y monter après la matinée que nous venions de passer. Marcher en montagne, surtout sans en avoir l'habitude, ça augmente les émotions, alors il valait mieux rester un peu en bas pour l'instant. Mais quand elle a commencé à parler, j'ai vu qu'elle réussissait bien à se maîtriser, qu'elle n'était plus du tout chancelante comme en suivant le cercueil. Elle semblait s'être préparée à ce moment où elle devrait me rencontrer à nouveau et me raconter ce qui s'était produit pour que nous nous retrouvions ainsi, cette mère et ce fils, étrangers l'un à l'autre.

« Oui, j'ai fait simplement.

— Je n'y suis pas allée depuis plus de vingt ans, je crois. C'était à mes parents. »

Comme je ne réponds rien, elle poursuit :

« Ton père m'a dit qu'il avait reconstruit toute une partie pour que vous y habitiez. »

De ma gorge, il n'y a à nouveau qu'un tout petit « Oui » qui sort, timide, presque craintif.

« C'est comment, de vivre là-haut ? »

Cette fois, ce n'est qu'un soupir qui s'échappe de mes poumons. L'air me manque un peu et surtout je ne sais pas répondre. Il y aurait tellement de choses à dire sur cette vie à l'orée des bois, sur un flanc de montagne. Près de la nature, mais loin de tout le reste. Loin des autres enfants quand j'étais petit, loin de l'école et de ses lois, trop loin des autres adolescents pour apprendre les premières transgressions, connaître leur différence, trop loin des autres hommes aujourd'hui pour savoir comment vivre avec eux. Loin de ma mère tout au long de ma vie jusqu'à présent.

Devant mon silence, son regard se voile peu à peu d'une tristesse que je prends comme du remords.

« Je suis désolée. »

Ses mots arrivent jusqu'à moi, mais je ne les comprends pas bien. Sans le corps pour les accompagner, les mots ne sont qu'à moitié pleins. Il reste une part de vide. Et ma mère et moi ne savons pas encore utiliser nos corps pour nous parler. Il nous faudra plus de temps, plus de silences pour en saisir le sens.

« Tout ça s'est passé si vite. »

Elle tourne la tête vers la fenêtre, cherchant peut-être du regard le bar, où l'on boit en la mémoire de mon père. Est-ce qu'elle parle du moment du départ de mon père, de leur séparation, ou de toutes ces années où elle n'a pas donné de nouvelles ? Je n'en sais rien, mais je vois qu'elle retient des larmes et j'essaie de lui parler :

« On a beaucoup travaillé pour la maison. Elle te plairait. On dit toujours “la cabane”, mais c'est confortable maintenant. On a plein de livres. »

Je dis « on », comme si mon père était encore là, et quelque part, ça le fait réapparaître, là entre nous deux. Parce qu'on aurait bien besoin de lui, pour recoller les morceaux, ou pour donner sa version de cette histoire déchirée qu'il a participé à défaire plus que dans toute autre famille.

« Ton père tenait trop à toi, Martin. Je ne sais pas comment il te le montrait, mais il craignait terriblement que tu t'en ailles. Il ne voulait pas que je revienne, il aurait fui encore plus loin dans les montagnes pour que je ne te prenne pas. Et moi… »

Sa phrase reste en suspens, sa voix est à deux doigts de se rompre. Je voudrais qu'elle me livre tout, qu'elle m'explique. Même si elle devait tout faire porter à mon père, pour aujourd'hui au moins, ça m'irait.

Au-dehors, on voyait passer les voitures de ceux qui étaient venus à la cérémonie et qui repartaient. Ils n'habitaient pas loin, mais aller à pied à un enterrement, ça doit être quelque chose de trop dangereux. La voiture, ça permet de changer de costume, de changer de posture avant de rentrer chez soi. C'est ça qu'il aurait dit, mon père, en les voyant faire ça. Il ne leur en aurait pas voulu, non, au contraire, ça lui aurait permis d'énoncer une de ses grandes théories.

« On l'a agrandie, la maison. La ferme, on l'a laissée aux vaches. Ça les rassure d'être dans des murs en pierre. Et pour nous, y a une partie neuve en bois. C'est plus confortable. C'est adossé à la pente. Ça fait que c'est protégé du vent et qu'on voit toute la vallée par la fenêtre.

— Je voudrais bien la revoir, cette ferme », dit ma mère, très calme, elle aussi les yeux tournés vers le dehors.

Je la regarde quelques secondes sans rien dire. Une petite pointe de fierté vient me réchauffer le ventre. La cabane, les bois, la montagne, je sais que je serai dans mon élément et que je pourrai briller à ses yeux. Je n'ai pas souvent ressenti ça, alors je lui souris :

« Demain, je t'emmène. »

9

Deuxième jour avec la mère

On monte vers la cabane. Elle grimpe mieux que je ne le pensais, mais je me dépêche d'avancer pour bien la regarder de plus haut dans la pente. On a peu parlé hier soir. On restait là, à s'observer d'un côté à l'autre de la table. Marie-Louise se tenait entre nous comme pour atténuer l'impression d'étrangeté qui nous avait saisis. Entre deuil et retrouvailles, nos cœurs balançaient. Pour Marie-Louise aussi, le moment devait avoir un goût amer. Elle posait de menues questions à ma mère, qui répondait d'un air absent. Encore quelques instants d'absence après de longues années. Mais personne n'osait aller plus loin.

Ce matin, sa présence est indiscutable et éclaire son visage.

« Je suis très contente de monter. » Elle a redit ça en enfilant son petit sac à dos par-dessus le gros pull jaune qui a remplacé ses habits sombres d'hier.

C'est pour me rassurer, je pense. Elle sait que je suis pendu à ses lèvres, que j'attends, autant que je redoute, des explications de sa part. Je les désire et elles me terrifient. Je porte la crainte irraisonnée qu'elle ne m'annonce ne jamais être venue faute d'amour pour moi. Avec ses petits mots simples, ses sourires doux, elle essaie d'effacer la peur de mes yeux.

Pour le moment, ça me va, et oui, ça me réconforte. Tant qu'on monte, tant que nos corps ont besoin de tout l'oxygène pour gravir la pente, même en faisant comme elle, à suivre des lacets pour moins se fatiguer, alors nos cerveaux se laissent aller et ne pensent pas à la suite. L'effort aide à se concentrer sur le présent.

A chaque tournant qu'elle prend pour continuer son ascension, elle jette un coup d'œil vers le haut de la montagne et vers moi, comme pour s'assurer que je ne l'aurais pas abandonnée en bifurquant soudain, prenant un chemin connu seulement de moi. Mais non, je viens de la retrouver, je ne vais pas la laisser. Il y a quelques jours à peine, j'imaginais quitter les chemins des hommes. Mais pas aujourd'hui. Pas maintenant.

Il y a un peu de vent. Ça annonce la pluie, mais d'abord cela dégage les sommets des nuages qui s'y accrochaient. Un couple de milans noirs plane au-dessus de nous, et je les montre du doigt à ma mère. On n'est pas bien haut, puisqu'on n'est pas arrivé à la cabane, mais je suis pris d'ivresse. C'est de l'emmener chez moi, de lui montrer un bout de ma vie. Je voudrais qu'elle pense qu'on a eu raison avec mon père, qu'il a réussi à bien m'élever, qu'il lui semble que le résultat est à la hauteur du sacrifice que ça lui a demandé de laisser partir son fils. Je voudrais qu'elle soit fière de moi.

Dès notre arrivée, on file traire. J'aurais voulu la laisser essayer, mais ces derniers jours je les trais tellement irrégulièrement que les vaches sont à chaque fois nerveuses ; elles donnent des coups de pied pour faire tomber le saut et meuglent à n'en plus finir. Jamais elles ne laisseront sa chance à une débutante, même en leur demandant gentiment ou en leur ajoutant du foin pour les amadouer. Je peste un peu lorsque la Brune manque de renverser le seau, mais pas trop fort pour ne pas que ma mère entende les gros mots que je lâche, et me dépêche de finir pour pouvoir lui montrer le reste de la maison, et puis lui donner à goûter un peu de ce lait tiède tout juste tiré. J'en prends deux tasses et nous nous asseyons devant l'entrée.

« Je suis contente d'être là, murmure-t-elle. Merci de m'avoir amenée. »

Je bois chacune de ses paroles, mais j'hésite à répondre de peur que le son de ma voix me fasse me réveiller et que je m'aperçoive que personne n'est là hormis l'un de mes fantômes. Je me contente d'acquiescer d'un mince signe de tête.

Le vent nous ébouriffe tous les deux, et nous commençons à avoir froid, car on a un peu transpiré dans la montée.

« Tu me fais la visite ? »

Nous rentrons et je glisse trois bûches dans le poêle tandis qu'elle regarde autour, marchant sur la pointe des pieds pour ne pas soulever la poussière de nos souvenirs.

« On n'a pas grand-chose. Mon père disait que les objets nous encombrent trop la tête pour pouvoir ensuite y mettre des pensées intelligentes. On dirait qu'il y a des ustensiles et des casseroles plein la cuisine, mais c'est parce qu'elle est toute petite. Alors, le minimum, ça paraît remplir tout.

— C'est l'avantage d'avoir une petite maison, répond ma mère d'un air amusé. Ça a l'air plus vite plein. »

Elle lance ça, presque en riant. Le père aurait pu en faire autant, mais pas sur le ton de la plaisanterie. Il l'aurait dit en blaguant, mais il y aurait eu une dose de sérieux dans sa voix. Toute situation, si cocasse qu'elle soit, était pour lui l'occasion d'une leçon.

Je reste interdit un instant à essayer d'évaluer le sérieux ou la moquerie dans sa remarque, et elle me rabroue :

« Allons, je plaisantais, mais pas pour me moquer. Je suis d'accord, tu sais. On a tous trop d'objets dans nos vies, à commencer par moi. Ce n'est pas un mal d'avoir peu de choses. Au contraire, c'est agréable de voir cette maison et de savoir que chaque objet a de la valeur parce qu'il est un peu tout seul. C'est comme avec un petit cercle d'amis, où chacun compte beaucoup, je suppose. Tu as des amis, Martin ? »

Me voilà à nouveau déstabilisé. L'arrivée de ma mère dans ma vie est un gros rocher qui tombe dans une mare. Tous les oiseaux s'envolent dans le fracas, les grenouilles arrêtent de coasser, et il faut longtemps pour que les remous cessent et que chacun s'habitue à ce qu'il y ait désormais une île au milieu de l'eau. Moi, j'en suis seulement à me demander s'il y a un danger et s'il ne vaudrait pas mieux que je m'envole.

« Non, pas trop, je lui réponds. Il y a le fils du Marcel Gauchet qui vient de temps en temps, on discute un peu, des fois on va couper du bois ensemble, et puis un jeune type qui s'est installé comme berger dans la vallée d'à côté. On l'a aidé avec le père, pour sa charpente. Depuis on se voit un peu. Pas souvent, en fait. On est loin. Et puis, les autres, ils sont allés à l'université, et ils sont partis...

— Je comprends », coupe-t-elle doucement.

A l'intérieur de moi, ça se fronce. Non, ce n'est pas vrai. Elle ne peut pas comprendre. Déjà sur l'histoire des objets, ça doit être bien difficile à imaginer depuis chez elle. Son monde, je l'imagine si loin du mien, si différent. C'est facile de venir jusqu'ici et de trouver ma vie étrange, c'est facile d'avoir une vie comme tout le monde dans une ville où chacun veut ressembler à tous. Mais ça ne signifie pas que puisque c'est difficile d'agir différemment ça ne vaut rien. Au contraire, ça a plus de valeur.

Je dois devenir tout rouge en pensant à tout ça, car ma mère me sourit avec un air désarmant et me dit :

« Martin, je comprends vraiment, calme-toi. Je ne suis pas venue pour juger le mode de vie que ton père et toi avez choisi. Je le connais. Je t'ai expliqué qu'il me l'a proposé d'ailleurs, et je sais que j'ai fait un choix à l'époque qui a été très compliqué et qui joue forcément sur ce que tu as vécu. Je ne viens pas pour me moquer de toi, juste pour en apprendre un peu plus. »

Je sens mon cœur qui recommence à battre plus doucement et un sourire commence à étirer ma bouche.

« Viens. On va sortir les vaches, ça fait trop longtemps qu'elles ne bougent pas de leur étable. Il fait pas si froid. »

Conduire les bêtes à la pâture, c'est un acte reposant et sûr. En théorie, c'est l'homme qui mène, mais les vaches finissent par savoir, et c'est elles qui vont de leur propre chef, et on a l'impression que tout va bien se passer dans le jour qui point. Peut-être que toutes les routines ont cet effet et que l'homme, qui a toujours peur de l'inconnu, y trouve un côté rassurant. A marcher aux côtés des vaches, avec leur pas lent et chaloupé, on s'ancre dans le sol. Il y a une force qui s'échappe d'elles, comme la vapeur qui s'élève de leur dos les matins d'hiver. C'est sûr que parfois elles s'énervent et rechignent, ou elles partent bien vite et on a du mal à les suivre, car elles ne veulent pas se diriger vers le pré et elles essaient de ruser. Mais bon, on ne les laisse pas faire. La répétition de ce geste simple, mener les animaux à la pâture, assure que le monde tient encore. Je plains les paysans qui ne le font plus. Peut-on savoir comment va le monde sans savoir comment vont les vaches ?

On n'échange que peu de mots en les guidant au champ clos qui surplombe la ferme où j'ai vu mon père la semaine dernière. Secrètement, j'espère qu'il y sera à nouveau. On laisse entrer nos cinq belles et on tire le fil derrière nous. Je montre du doigt le hêtre solitaire qui règne sur le pré, dernier feuillu à cette altitude.

« Le père… je veux dire, papa, il aimait beaucoup cet arbre. Depuis qu'il est mort, parfois, j'ai l'impression qu'il est encore sous l'arbre, à regarder les vaches comme avant. »

Je le dis avec ces mots, ça me paraît une bonne manière de parler des apparitions de mon père sans passer encore une fois pour un fou, mais ma mère répond, très sérieuse :

« Peut-être que ce n'est pas qu'une impression. D'une certaine manière, les morts reviennent voir ceux qu'ils aimaient. »

Les bêtes sont calmes, aussi nous les laissons. En descendant vers la maison je propose un détour par la forêt. J'ai envie de marcher un peu, et pour une fois de ne pas le faire tout seul. Nous avançons tranquillement et c'est comme si j'oubliais ma mère à mes côtés. Lorsque j'entre dans la forêt, rien ne pourrait me détourner du chant du vent dans les cimes, du craquement des branches, des bruits étouffés d'un animal qui s'enfuit. J'essaie de voir s'il n'y a pas de bois mort que je pourrais récupérer pour le feu. Nos pas nous emmènent à une clairière où l'on venait avec mon père observer les animaux. Il y a une source qui jaillit. Souvent, ils viennent y boire et pendant ce temps-là ne se soucient plus du monde qui les entoure. Je retiens ma mère par le bras et lui montre. Au travers des arbres, on aperçoit un chevreuil. Dans une minute, il nous aura sentis et il va s'enfuir.

Nous retournons vers la maison, car midi est déjà passé.

Je prépare des pommes de terre qu'on mangera avec un bout de notre fromage pendant que ma mère fait à nouveau le tour de la cabane, regarde chaque objet, le prend en main pour l'écouter parler, le sentir transmettre un peu de chaleur laissée par mon père. Elle regarde un long moment notre bibliothèque, devant ses étagères remplies de romans et de livres d'histoire, d'économie, de livres sur la politique ou la philosophie.

« Avec ton père, on s'est rencontrés à la fac, sourit-elle en sortant de la chambre où nous rangeons les livres et en s'asseyant sur un fauteuil fabriqué par mon père. Il lisait déjà beaucoup. On peut vraiment apprendre sur quelqu'un au travers des livres qu'il aime.

— Alors sur moi, tu dirais quoi ?

— Que tu en as probablement assez lu pour un moment. Que tu pourrais essayer de découvrir par toi-même ce qui se passe en dehors de cette ferme.

— J'aime bien être ici », je lui réponds, un peu vexé.

Pourtant, ce qu'elle propose me renvoie à mes interrogations. On a beau penser quelque chose, en entendant cette idée exprimée par une autre personne, on a parfois du mal à être d'accord. Surtout si cette idée est dure à accepter. Imaginer aller voir un peu au-delà de chez moi, au-delà de mes connaissances théoriques, j'y ai déjà pensé. Mais dès que j'y réfléchissais mon esprit pouvait éluder rapidement la question, passer à autre chose et prétendre oublier. Quand c'est quelqu'un juste en face qui l'exprime, c'est plus dur à esquiver.

« Ici, je suis libre. »

En disant ça, je pense aux balades dans les prés, aux récoltes de plantes sauvages, au cœur de l'été, quand on peut marcher en sandales défoncées, avec un vieux short pour tout costume, le corps souple de n'avoir rien qui l'enferme. On va plus vite. Et le soleil d'altitude brunit la peau. On sèche comme le foin. Souvent, on sent le foin, à force de plonger les mains dans les prairies qui jaunissent.

« Oui, je comprends. C'est formidable ce que tu vis ici, mais il n'y a pas que ça. Je ne vais pas te faire croire que c'est mieux ailleurs, ton père pensait que non, mais toi tu n'as rien choisi du tout. Tu vis ce qu'il avait décidé pour toi.

— Les vaches, je peux pas les laisser. Et le fromage à livrer à l'épicerie, et beaucoup d'autres travaux qui ont pris du retard. »

Je ne sais pas ce qui me prend de répondre quelque chose d'aussi bête, mais rien d'autre ne me vient en tête. Les vaches, bien sûr que je peux les laisser chez un voisin, c'est déjà presque entendu. D'ailleurs, vu la manière dont je m'en occupe ces temps-ci, il vaudrait mieux que je fasse ça dès aujourd'hui même si je ne partais pas. Mais les excuses, c'est souvent construit dans un bois tellement tendre qu'on pourrait le casser entre deux doigts. Heureusement, ma mère n'insiste pas et je lui propose d'aller au jardin, ensuite je la raccompagnerai au village.

Depuis que je suis tout petit, mon père me laisse m'occuper seul d'un bout du jardin. D'abord minuscule, il a grandi avec moi et mes envies d'expérimenter. Planter une graine et l'observer germer, c'est quelque chose que tous les enfants doivent faire à l'école. Découvrir la magie de la vie, de la force enfermée dans une si petite chose. Mais la voir ensuite s'élever doucement vers la lumière, la protéger des attaques des limaces, des lapins et des souris, la voir devenir un vrai légume et s'épanouir en adulte, la laisser monter à graines enfin, pour prévoir sa succession, donner à nouveau la vie, c'est encore autre chose. S'occuper des plantes fait comprendre différemment le temps qui passe. Cela apprend à attendre et à accepter que tout ce qu'on entreprend ne réussisse pas. Un mois d'attente peut se transformer en un an si l'on n'a pas entrepris certains travaux en temps voulu. Ce temps-là, on ne peut pas le rattraper.

Dans le jardin, les herbes folles gagnent sur les plates-bandes. Si elles font leurs graines, il y en aura partout l'an prochain. Mais la légère brise leur donne une grâce inimaginable. Les légumes ne savent pas jouer avec le vent. On les a sélectionnés pour avoir du rendement, pas des reflets d'or miroitant le soir, à la faveur du soleil qui descend et d'un vent léger.

L'an prochain, je laisserai les herbes folles repousser.

« Je me suis laissé submerger. »

Ma mère découvre le jardin. A son regard qui s'arrête à chaque planche, à chaque rangée, parcourt le terrain d'une plante à l'autre, j'imagine qu'elle sent mon père dans les allées, qu'elle me voit avec lui, absorbant toutes les leçons qu'il me donnait et que je lui récite aujourd'hui en bon élève.

Cette vision de nous deux, dans les allées les mains couvertes de terre, ça lui rappelle son absence à elle.

« Au début, ce sont les disputes et les menaces qui m'ont empêchée de venir. Avec ton père, on s'était chassés l'un l'autre. La naissance de ma fille, ensuite.

— J'ai une demi-sœur ?

— Oui. Elle s'appelle Claire.

— Marie-Louise m'a dit qu'on avait à peu près deux ans d'écart. »

Ma mère a un petit sourire triste, comme si se souvenir de ces années continuait à la faire souffrir malgré la joie des enfants qui naissent.

« Elle est arrivée trop tôt, elle était fragile et je ne pouvais pas la quitter. Mais ensuite, c'est le temps tout simplement qui m'a tenue éloignée de toi. J'en suis tellement désolée aujourd'hui, Martin. C'est comme quand on oublie d'appeler un ami pendant des mois alors qu'on doit lui annoncer une grande nouvelle. On attend un mois, puis deux, puis six. Les mois se transforment en années. Ensuite, on a honte de ne pas lui avoir dit dans les temps ce qu'on avait à annoncer et on repousse en attendant un moment favorable. Et plus on attend, plus il faut que ce moment soit important pour justifier ce retard qui ne s'arrête pas de grandir. »

Je ne sais pas si tout cela appelle à une réponse, et je n'en ai pas à donner. Ça doit faire des années que tout ça bouillait en elle, et depuis deux jours elle cherchait une manière de le faire sortir.

« La mort de mon père ? »

Elle fait oui de la tête.

« J'attendais une sorte de signe de sa part, qu'il me dise que je pouvais revenir sans qu'il fuie avec toi. C'était moi qui l'avais chassé, Martin, mais il ne t'a même jamais dit que j'existais ni que tu as une sœur. Il s'était enfermé dans son monde opposé au nôtre. »

L'univers entier peut être réduit à un bout de jardin et quelques champs, mais alors, c'est un univers clos. J'entrevois, dans ce que dit ma mère, que la vie que nous nous sommes construite avec mon père, ou qu'il avait construite pour moi, n'avait rien de normal. Je ne suis jamais allé à l'école, nous habitions trop loin dans la montagne pour que l'inspection académique vienne vérifier quoi que ce soit ou peut-être que le statut d'ancien prof de mon père le protégeait des contrôles. Nous vivions presque coupés du monde, au rythme des saisons, nous nous lavions à l'eau de pluie et nous séchions au soleil, parlions aux bêtes et aux arbres, errions dans les bois jusqu'à ce que la faim nous tiraille. Une vie pleine, mais qui enferme.

Chaque jour avait une telle intensité que jamais je ne me suis demandé d'où nous venions. Pour moi, nous avions toujours été là, et nous y serions toujours, il ne pouvait en être autrement. Je ne m'étais jamais demandé pourquoi ma mère n'était pas avec nous, ne pouvais imaginer que la porte lui avait été fermée par un père aux idées arrêtées, qui ne voulait pas que l'extérieur vienne contaminer son fils.

Un vertige me prend et me secoue, des murs s'écroulent. Je dois me raccrocher à quelque chose de stable. Je montre à ma mère les légumes qui sont prêts à être ramassés.

« Faut pas attendre. Tu sais faire ? Je vais te montrer. »

Elle acquiesce. On a tous les deux besoin de temps pour digérer tout ça, comprendre ce que ça va changer, ce que ça veut dire d'exister l'un pour l'autre alors qu'on ne l'a pas fait depuis presque vingt ans.

« Il y avait un potager chez mon père. Je me souviens. On a des amis aussi, en banlieue, qui ont un petit jardin. Parfois je vais leur rendre visite pour m'en occuper. C'est agréable. »

En parlant de petites choses de rien, qui peuvent paraître anodines, de ce qu'elle fait à Paris, de son travail, de ses amis, nous passons une bonne partie de l'après-midi à charrier des paniers pleins vers la maison. Demain, je ferai des conserves avec tout ça. La cuisine ne sera plus qu'une marmite fumante et humide où le poêle sera brûlant de bouillir de l'eau pour stériliser les bocaux. Ensuite, je transférerai tout au garde-manger. Déjà, avec le père, j'aimais tenir un registre mental de tout ce que nous avions. Il se moquait quand je fixais les étagères pleines à craquer et soigneusement étiquetées : « T'as peur de manquer ? »

En allant acheter sa nourriture au fil des semaines dans un supermarché, on ne réalise pas la quantité que cela fait au bout de l'année. En été non plus on ne se rend pas compte, puisque l'on ne prélève chaque jour qu'un centième, une minuscule fraction de ce que donne le potager. Mais à l'heure de l'automne, où il faut décharger les plants croulants de tomates, de haricots, de courgettes ou de blettes, qu'il faut mettre tout cela en conserve, ranger à l'abri les courges et les pommes de terre, alors on voit tout ce qu'il faut pour nourrir un être humain. Combien cela pèse sur la terre, combien il faut la nourrir, elle aussi, pour ne pas qu'elle dépérisse et finisse par ne plus rien porter. Il faudrait un équilibre. Rendre à la terre ce qu'elle nous offre, et ne pas lui prendre plus. Mais comment faire ça quand on envoie les légumes au bout de la planète pour qu'ils soient mangés par des gens qui jetteront tous les déchets à la poubelle ? On ne va pas rapatrier les épluchures par bateaux jusqu'en Amérique du Sud. Alors, les hommes retournent la terre de plus en plus profondément, et si plus rien ne pousse, ils y enfouissent des engrais. Mais la terre, elle, devient de plus en plus dure et jaune. Sans vie.

La vie ici est un balancier, avec des périodes où l'on remplit les garde-manger, les abris à bois, et d'autres où on s'applique à les vider. La répétition immuable de ces cycles pourrait presque faire oublier les années qui passent. On comprend que des siècles puissent filer sans que rien ne bouge. Il faut habiter en ville pour se lasser des heures qui avancent trop doucement et vouloir les accélérer en inventant le progrès. Mon père disait que pour compter les jours qui s'écoulent on aurait pu se contenter des livres. On peut sentir le temps qui passe en regardant les étagères pleines d'une bibliothèque.

J'explique un peu tout ça à ma mère. Elle sourit. J'aime son sourire. Je comprends pourquoi mon père l'a aimée. Je voudrais lui raconter toute ma vie d'un coup, qu'elle sache qui je suis et qu'elle me raconte en retour qui elle est. Je commence par lui parler du jardin. Un jardin, c'est un bon point de départ pour une histoire. C'est un lieu qu'on peut saisir d'un regard, dont on comprend rapidement d'où il vient et comment il fonctionne. Ensuite, on peut aller au-dehors, parler du reste de la vie, de celle qui se construit en interaction avec tout un environnement qu'on ne maîtrise pas, dans les champs, les bois ou les montagnes. Elle me répond que oui, c'est un bon point de départ. C'est un peu comme un appartement en ville, où l'on choisit ce que l'on met, et ensuite on peut sortir dans les rues pour voir ce qu'il s'y passe et alors la vie est bien plus riche.

« Pauline… »

Je marque une pause, conscient que j'aurais pu l'appeler « maman », mais c'est encore trop neuf. Elle ne m'en veut pas et m'incite à poursuivre.

« Est-ce que tu vas rester avec moi ? »

C'est sorti tout seul, comme si je mourais d'envie de lui demander ça depuis des années alors que je ne la connaissais pas il y a encore deux jours. Ces mots sont sortis de moi sans que je les convoque et sans que je les sente monter et se former, mais plutôt ils ont éclaté comme la douleur d'un coup de fusil qu'on ressent avant d'entendre sa détonation. Mon ventre s'est tordu et a expulsé ces mots qu'il ne pouvait garder. Tout de suite, je les regrette. Pas parce qu'ils ne sont pas sincères, au contraire, ils le sont trop, et je ne veux pas que cela lui fasse peur, alors j'ajoute, bredouillant comme un enfant :

« Enfin, tu pourrais rester au village. Il y a de la place chez Marie-Louise et on trouverait un appartement. »

Pendant un instant, j'ai peur qu'elle se fâche, mais je me rends compte qu'elle sourit. Puis son visage redevient sérieux et elle répond :

« Non, Martin, je ne vais pas rester. Mais toi, tu peux venir à Paris avec moi. »

10

Les Manet

C'est dans les transitions entre la nuit et le jour que viennent les idées claires. Je crois que c'est un phénomène physique dont on peut être sûr, même s'il n'a pas encore été démontré. La température, d'un coup, devient plus fraîche qu'elle n'était un instant auparavant et qu'elle ne sera un instant après. La lumière change toutes les secondes. Au début, on aperçoit les étoiles et déjà le soleil qui arrive derrière les montagnes. Puis celui-ci gagne en force et chasse les lueurs de la nuit. Les oiseaux chantent plus fort, comme si leur passaient dans la tête de folles révoltes.

L'air est mince et clair et les couleurs frappent plus directement les yeux. Pour les hommes, ce sont les idées et les mots qui viennent. Si l'on pouvait remonter aux premières paroles de l'humanité, il y a fort à parier qu'elles ont été prononcées au petit matin.

Ce qu'il faut, c'est se tenir prêt. Si l'on n'est pas éveillé ou que l'on n'est pas attentif à l'instant, les idées passent sans s'arrêter. Si l'on n'écoute pas les mots des aurores et des crépuscules, on se laisse envahir par les idées des autres.

Le matin suivant le départ de ma mère, avec les montagnes enflammées par le soleil sur les feuilles des hêtres rougies par l'automne, la lumière me poussait vers Manet. Les gendarmes avaient affirmé qu'il était parti en voiture à la ville voisine, qu'ensuite il avait probablement pris le train ou fait de l'auto-stop et s'était enfui. Peut-être qu'il avait traversé la frontière pour se rendre dans le pays voisin où il avait habité avant de revenir s'installer dans notre vallée. De tout temps, les crêtes ont été des frontières, et les hommes choisissaient un côté ou l'autre pour se réfugier lorsque la colère prenait leurs voisins ou si les lois venaient à les désigner pour cibles. Le portrait de Manet avait été envoyé un peu partout et sa cavale ne durerait pas, assuraient-ils. Pourtant, un sentiment au fond de moi, ou peut-être était-ce la lumière de ce matin, me suggérait qu'il était toujours dans la montagne. Il me semblait qu'elle ne voudrait pas le laisser s'échapper. Elle avait perdu un homme, mon père, il lui en fallait un en échange. Elle avait pris Manet pour le garder sur ses épaules.

Ça, je ne le leur avais pas dit, ni à personne. Pas même à ma mère, alors que je sentais qu'elle comprenait bien plus qu'elle ne le laissait paraître, et, au fond, sans jamais mettre les mots complètement dessus, elle se doutait que ça n'était pas seulement leurs histoires entre eux qui avaient chassé mon père de la ville, mais aussi que la montagne le retenait. Comment leur expliquer qu'elle établit un lien avec ceux qui vivent sur ses pentes et regardent le monde depuis ses cimes ? Elle leur donne l'air qui gonfle les poumons comme nulle part, elle offre des visions et des messages connus d'elle seule, qui viennent d'avant, lorsque les hommes ne dépendaient pas de toutes leurs machines et de leurs images devant leurs yeux et qu'ils menaient leurs bêtes en étant presque eux-mêmes des animaux. Et même des légendes d'avant cet avant. Les grands arbres ont aussi cet effet et je crois que certaines personnes qui vivent dans les plaines mais vont beaucoup en forêt peuvent parfois ressentir ce lien et entendent certaines de ces histoires.

Je pensais donc que Manet était encore là-haut. Les crêtes sont des frontières, mais les hommes les franchissent toujours. Les contrebandiers venaient du pays au-delà pour apporter du tabac et de l'alcool, puis ils repartaient avec des sacs de grains qu'on ne voulait pas déclarer au collecteur des impôts. Les femmes partaient vendre sur un versant les herbes rares récoltées sur l'autre. Elles découvraient dans la vallée d'à côté, pourtant peuplée d'hommes et de femmes qui auraient pu être leurs cousins et cousines, un monde qui parlait une autre langue et était tenu par d'autres lois. Elles rapportaient des farines de maïs ou de pois chiches qu'on ne produisait pas chez elles. Un régal. La crête, c'est la promesse d'un monde nouveau et aujourd'hui encore, ceux qui fuient prennent les cols pour l'assurance d'une vie meilleure.

Manet, lui, il ne pouvait plus se permettre ce type d'espoir. Il n'était plus entièrement libre de ses mouvements. Il devait y avoir une force dans sa tête qui l'empêchait de partir, car la montagne ne veut pas rester seule, elle est comme certains animaux qui aiment les hommes et ont besoin qu'ils s'occupent d'eux. Parfois, elle ne retient les humains que pour s'en amuser, mais surtout elle aime entendre leurs histoires, les voir naître, s'aimer et mourir. Elle est une mère qui survit éternellement à ses enfants, sait qu'ils vont disparaître un jour, mais aime à les observer et ne veut pas les laisser partir avant que leur heure soit venue.

Garder l'assassin de mon père là-haut, c'est peut-être un présent de la montagne, un cadeau en forme d'épreuve, resurgie du temps de la loi du talion, à laquelle la montagne veut me soumettre, car elle ignore que nous avons de nouvelles règles aujourd'hui, que nous ne tuons plus celui qui tue, ne dévorons plus celui qui a volé une brebis. Je le voulais, Manet, mais pas pour ce type de représailles. On peut aimer une mère sans suivre sa loi.

J'ai mené les vaches chez Albert, ce voisin avec qui nous nous entendions bien. Il les a prises par le licol en m'adressant un signe de tête voulant dire qu'il acceptait. Il m'a montré un coin de l'étable que nous l'avions aidé à réaménager deux ans plus tôt, après que toutes ses bêtes avaient été emportées à cause de la maladie.

« Elles seront bien, ici. »

Et j'ai vu que oui, elles seraient bien. Il y a les outils qu'il faut, plus modernes que chez nous, mais avec rien de trop. C'est propre, mais pas trop brillant non plus. Les gens chez qui tout est trop brillant, c'est qu'ils ont des choses à cacher. Ils veulent qu'on soit ébloui pour ne pas se rendre compte de ce qui ne va pas. On regarde les machines à traire qui font le travail toutes seules et on ne regarde plus les bêtes ni les hommes qui les font fonctionner et qui ont du mal à trouver leur nouvelle place dans tout ça.

Nous avons bu un café trop léger, comme la dernière fois. Comme à chaque fois. Et nous regardions, au-dehors, le soleil qui faisait fondre le givre dans la partie de sa cour qui était à l'ombre un instant auparavant, lorsqu'il m'a demandé :

« Tu sais qu'il y a des oncles à Manet qui habitent vers les Sagnes ? En dessous du suc d'Oursier. Ça s'appelle comme ça parce qu'il y avait des ours autrefois. Encore aujourd'hui, faut être drôlement solitaire pour y habiter, ajoute-t-il en tirant ses lèvres vers l'arrière dans une tentative de sourire avortée. Ça voit pas souvent le soleil, dans c'te combe. »

Il faut dire que vers les Sagnes, en remontant en amont de la rivière, c'étaient des villages plus pauvres que chez nous. Je ne sais pas comment ça se fait puisqu'il n'y a que quelques kilomètres qui nous séparent, mais ils devaient posséder de moins bonnes terres ou bien les familles qui y vivaient manquaient d'argent, aussi avaient-elles toutes construit leurs maisons à l'ubac, le côté de la vallée qui ne reçoit presque pas de soleil. Aujourd'hui, ceux qui voient ça ne comprennent pas pourquoi il en est ainsi et estiment que ça n'a pas de sens, que ça doit être plus dur pour se chauffer et qu'on perd de la qualité de vie. Mais à l'époque, mettre les maisons sur le versant à l'ombre, ça permettait de garder celui au soleil pour les champs et les bêtes. Encore plus que les humains, les légumes ont besoin de lumière pour pousser. Entre le confort et la simple survie, le choix est vite fait. Plus tard, les habitants ont déserté ces villages éternellement à l'ombre, mais les oncles Manet, eux, sont restés. Ils n'avaient nulle part où aller, et peut-être que de rester seuls dans l'ombre, un peu cachés, ça leur allait bien.

Voilà que, sans le savoir, l'Albert me donnait une première piste pour Manet, pour interroger des personnes qui l'avaient connu et pourraient me parler de lui.

« J'ai pas grand-chose à faire, je vais aller voir. »

Je me suis levé en le remerciant pour les vaches, ajoutant que je savais qu'elles seraient bien traitées et que je lui revaudrais ça. Et lui, de faire juste un signe de la main, l'air de dire que ce n'était rien et qu'on n'allait pas commencer à compter les services qu'on se rendait entre nous. Il avait assez parlé, quelques dizaines de mots dans sa matinée, ça lui suffisait. Il me regarda partir sans rien ajouter.

J'ai quitté le village par le nord. Ensuite, la route remontait en suivant le ru qui arrivait des montagnes. Assez vite, je l'ai abandonnée pour un sentier qui serpente un peu plus haut, et qui suit les courbes de niveau le long de la montagne, ce qui fait qu'on a presque l'impression d'avancer sur le plat. Il y avait un peu de chemin et j'ai eu le temps de me remémorer ce que mon père disait des Manet. Mais il me semblait qu'il n'en avait jamais raconté grand-chose. On savait seulement qui ils étaient et comment ils vivaient, en quasi-autarcie depuis toujours. Semant de gros choux, toujours la même sorte, d'une année sur l'autre pour tenir l'hiver.

Après un petit bois, le sentier s'écarte de la route pour contourner leur hameau, la route, elle, passe juste au milieu et continue plus loin, en montant vers des résidences secondaires habitées seulement en été. On arrive juste derrière la maison des oncles Manet.

Dans l'arrière-cour, tout est bien rangé. On n'y croirait pas, en passant en vitesse par la route de devant, sans s'arrêter. Alors, on n'aperçoit que la vieille porte en bois à la peinture glauque et, par une fenêtre, le faible halo d'une lampe jaune au milieu de la pièce au-dessus de la table. Tout est gris et bas. Même le poirier contre le mur, quoique chargé de fruits, semble frêle et maladif.

Depuis le chemin sur lequel je me trouve et qu'on peut rejoindre en longeant leur grange, on voit toute leur richesse. Leur bois. Leurs maigres récoltes, de maïs pour les bêtes et de grain pour les poules. Le clapier, à l'abri au bord du hangar. Mais surtout ce bois, calé comme un mur en pierre sèche, ne montrant que son côté coupé en triangles réguliers laissant croire qu'un géomètre serait passé tout mettre en ordre. Et un peintre aussi, qui aurait coloré ce dégradé du jaune sombre au gris, de plus en plus délavé à mesure que les bûches sont plus vieilles et plus sèches. Il est tellement bien aligné qu'il ne semble pas destiné à bouger, à être enlevé de là pour chauffer la maison. Et en effet, il reste plus qu'à son tour, parce que c'est une richesse. Une richesse si modeste, en réalité, car elle ne demande qu'un instant pour partir en fumée. Au sens propre. Et après il vous reste quoi, hein ? Rien, pour ainsi dire. « On a que ce qu'on économise », dit la sagesse populaire dans le coin. Eux, au moins, ils ont ça. Du bois, bien ordonné sous le hangar et les rebords du toit, et qui attend, tout en sachant qu'il ne sera pas rentré, sauf peut-être si les pierres elles-mêmes commençaient à fendre.

En voyant ça, j'ai hésité un instant. Non pas que cet environnement me semble totalement étranger, non, je connais des paysans qui vivent encore de cette manière dans le coin. Ceux qui n'ont pas abandonné leurs terres à leurs voisins lors du remembrement, ou pas modernisé leur exploitation, ce qu'on leur a imposé au nom de la soi-disant nouvelle époque qui devait arriver après la Deuxième Guerre, on leur avait dit qu'ils ne survivraient pas. Ceux qui sont restés là, dans ce vallon ombreux, ce n'est pas toujours que leurs voisins n'ont pas pu leur racheter, mais plutôt qu'ils n'ont même pas voulu, soit que les terres n'étaient pas assez bonnes, soit que des voisins, il n'en restait déjà plus, car ils étaient tous partis en ville. C'est un peu par défaut que le productivisme, ses engrais et sa modernité ne leur étaient pas tombés dessus.

« On veut pas te parler... » m'a lancé un des deux frères tandis que je m'approchais du portillon devant lequel j'allais appeler pour savoir s'il y avait quelqu'un.

La porte était ouverte et l'homme s'avançait en boitant un peu. Du bras, il me signifiait de m'éloigner et il répéta sur un ton plaintif :

« On veut pas te parler. »

Je suis resté un moment, face à cet homme en habits sombres, mal rasé, qui ne bougeait plus, fixe dans l'encadrement de la porte, avec ses yeux qui me criaient ne pas vouloir de moi dans les parages. Derrière lui, j'ai aperçu le plus jeune oncle de

Bernard Manet qui s'approchait, qui essayait de passer. Mais le premier l'a renvoyé dans l'obscurité de la demeure sans que je puisse comprendre ce qu'il lui disait. Comme lui, j'ai rebroussé chemin.

Je suis revenu. Plusieurs fois et sans le vouloir, mes pas m'ont amené près de chez les frères Manet. J'avais du temps depuis que les vaches étaient parties et j'avais bien avancé mes travaux de préparation de la saison froide. « En hiver, on fait comme les arbres », plaisantait mon père. Il voulait dire que nous nous débarrassions de plein de choses pour nous reposer, pour repartir plus légers l'année suivante. Les arbres, durant l'automne, cessent de nourrir leurs feuilles, ils se concentrent sur leurs branches, et leur tronc. Toutes activités extérieures cessantes, ils attendent l'année suivante pour reprendre leur croissance. Nous, l'hiver, nous sortions moins. Arrêtions de nous rendre au jardin, n'emmenions plus les vaches dehors, descendions rarement au village. Durant nos sorties, pour couper du bois par exemple, nous prenions plus de temps pour simplement marcher, sentir le froid qui rend les joues rouges et pique le nez. Nous reprenions de l'énergie et de l'assurance pour le printemps suivant.

Mais, en arrivant dans la combe sombre, au-delà des Sagnes, les forces me quittaient. C'était un constat d'échec, comme si l'aîné des deux frères se mettait perpétuellement en travers de ma route en imposant un mutisme à des questions que je n'avais pas encore posées. J'évitais la maison, la gardant à portée de vue seulement pour m'assurer qu'on ne me lâchait pas les chiens, ou voir si le cadet, par chance, ne sortirait pas pour me parler. Mais cela ne venait pas, et j'arrivais invariablement à l'arrière de la maison, à contempler ce tas de bois qui semblait ne jamais diminuer.

Je continuais à errer dans la montagne. J'étais monté sur les crêtes, pour essayer de repérer le val ou le ravin où le fugitif aurait pu se cacher, mais rien ne m'apparaissait, ni sur le versant habité, qui descendait d'abord au village puis à la ville en suivant la vallée, ni sur le versant plus sauvage, celui de la Mado et de ses chèvres. Et puis, de ce côté, Mado aurait repéré tout intrus. Pour bien se cacher, il faut parfois rester proche de ceux auxquels on désire se soustraire.

Il devait être dans la forêt, à l'abri. Je le savais, mais je ne l'y trouvais pas. Mon obsession me poussait à prendre des empreintes d'animaux pour les siennes. Aveuglé, je suivais une piste pour me rendre compte au bout d'une heure de marche que je m'étais fourvoyé. Parfois, je ne m'en apercevais que parvenu devant la bauge d'un sanglier ou la couche d'herbes tassées d'un chevreuil. Après mon père, Manet était devenu un fantôme qui me hantait et je courais les bois et les alpages, suivant les anciens murs pour vérifier s'il ne se serait pas réfugié dans une cabane de berger, ces cavités de pierre sèche construites au siècle précédent par les paysans qui voulaient garder leurs bêtes en se protégeant de la pluie.

Un jour où je suivais un de ces murs qui continuaient dans la forêt, car les arbres avaient gagné sur les prés, je suis tombé nez à nez avec Daniel, le plus jeune des deux oncles. Il restait planté devant une souche, avec à ses pieds sa tronçonneuse qu'il devait s'apprêter à démarrer pour découper un arbre qu'il venait d'abattre. Son frère n'était pas à ses côtés, peut-être qu'il était parti récupérer un autre outil ou de l'essence pour la machine. Daniel regarda tout autour de lui pendant que je m'approchais. Il me faisait l'effet d'un animal prêt à fuir, mais qu'on peut convaincre en avançant tout doucement avec, par exemple, un morceau de pain dans la main, qu'il sache qu'on ne lui veut pas de mal, qu'au contraire on va l'aider s'il est blessé ou pris dans le piège d'un braconnier. Je n'avais rien de tel à lui offrir, mais il ne tourna pas les talons ni ne me demanda de partir. Au contraire, il ouvrit la bouche et parla, ce qu'il faisait rarement en la présence d'autres personnes que son frère :

« Il est pas chez nous, tu sais, le Bernard », a-t-il dit tout d'abord, croyant que je m'attendais à ce qu'il me le livre.

Je ne répondis rien. J'avais trop peur de briser ce moment qu'il arrachait à la volonté de son frère. A plus de soixante-dix ans, les deux oncles Manet, ils vivent dans une sorte de temps qui n'existe pas, où rien ne doit bouger, et où la seule chose qui règle leur quotidien est la domination de l'aîné sur le cadet. Leur autarcie est un huis clos terrible. La porte fermée sur cette pièce dont on ne voit par la fenêtre qu'un bout de table, c'est la porte qui cache les brimades, les maltraitances, les coups peut-être, les ordres incessants, les reproches, les chantages. Aucun des deux n'a intérêt à pousser cette porte, à dire ce qui se passe dans cette pièce éclairée au néon. Ni l'aîné, qui ne veut pas qu'on lui enlève son souffre-douleur, ni le cadet, qui ne veut pas qu'on sache dans quelles conditions il accepte de vivre. Qu'il m'ait parlé là, c'est que quelque chose de très fort le poussait, plus fort que toutes ces années d'enfermement, plus fort que le bras de son frère qui le menace.

Et ça a coulé hors de lui comme un torrent de printemps rompt sa poche dans un glacier. Il remplissait le vide de la forêt, le vide qui s'était installé entre nous à ma première visite, le vide qui avait envahi la cuisine chez lui après que j'avais dû tourner les talons et que lui imposait, depuis vingt ans, son frère aîné. Peut-être aurait-il préféré chasser ce vide autrement, en parlant d'autre chose, en abordant un sujet différent. Mais comment aurait-il pu ? Quand on est maintenu dans le silence on apprend à se taire, et il faut un choc suffisamment violent pour s'en défaire. Parler de son neveu, qui, oui, était passé chez eux il y a un mois, ça valait la peine de faire sauter le verrou de l'humiliation.

« Ça a beaucoup crié. Moi, j'étais à l'étable pendant qu'il se disputait avec Denis. Il lui demandait pourquoi il avait fait ça, il lui disait qu'il était fou. Je ne comprenais pas de quoi ils parlaient. J'ai voulu m'approcher, mais Bernard il m'a jeté une assiette, j'ai failli la prendre dans la tête. Et Denis a gueulé que je dégage. De toute façon, ils ne m'auraient pas expliqué. J'ai compris seulement une semaine plus tard, quand on est descendus au village, tout le monde ne parlait que de ton père qui était mort et Denis faisait mine de s'étonner, mais j'ai bien vu qu'il l'était pas. Mais qu'est-ce que je pouvais faire ? Le Bernard, il était déjà parti depuis longtemps. "Change de pays", qu'il lui avait dit, Denis. »

C'est le seul moment où j'ai interrompu son flot de paroles. Pour lui demander si Bernard avait suivi le conseil de son oncle.

« Ça se pourrait. Mais il a dû revenir. Par les montagnes. C'est le seul endroit qu'il connaît, il sait qu'il pourra se cacher. Et peut-être que Denis va l'aider et lui donner à manger. Qu'est-ce que j'en sais ? »

En se posant la question à lui-même, il a eu un instant d'arrêt. Est-ce que son frère ne l'avait pas déjà obligé à se taire en le renvoyant à cette supposée incompétence ? « Qu'est-ce que t'en sais, toi ? Boucle-la, t'y connais rien. » Mais cette fois, il est allé au-delà de cette interdiction. Si. Cette fois il savait, et il allait parler. Il se reprit et afficha une mine plus sûre, décidant sans doute que cette époque était finie.

Jusqu'à ce qu'il n'ait plus de mots en lui et qu'il reparte sans me saluer, juste en replaçant sa casquette de velours sur son crâne et en tournant les talons, sa tronçonneuse à la main, il me parla de Roger.

C'était le père de Bernard, le troisième et le plus jeune parmi les Manet. Comme ses frères, il avait voulu se faire paysan. Mais pas avec eux, à ce que disait Daniel. J'imagine qu'il avait senti le piège qui se refermerait sur ceux qui resteraient dans la maison si sombre des Sagnes.

« Il cherchait des terres partout, avant que Bernard naisse. Mais des bonnes terres libres, dans le coin, y en avait pas beaucoup. »

Sauf, justement, celles qui appartenaient à la famille de ma mère et sur lesquelles nous allions, bien des années plus tard, nous installer avec mon père. Roger essaya en vain de les acheter, ou au moins d'en obtenir le fermage.

A un autre gars du coin qui refusait de lui en céder il avait lâché, de dépit : « De la terre, t'en auras tout autour de toi quand tu seras mort ! »

Tout ça le rendait mauvais. Et puis sa femme est morte en couches. Cela ajouta à sa rage.

« Il vous aurait mordu, le furieux ! »

Durant toute l'enfance de Bernard, son père et lui n'avaient cessé de déménager d'une petite maison à une autre, m'expliquait Daniel.

« Des bicoques. »

Le père finissait par tout casser à l'intérieur lors de ses crises de rage. Ensuite, ça a été des appartements dans le village, car il ne pouvait plus payer pour une maison entière. Et puis, ça se savait qu'il faisait du dégât. Il se retournait contre son fils aussi, simplement parce qu'il était à portée de main.

« Ça, personne y disait rien. »

Le jeune Bernard non plus ne disait rien. Ne se plaignait ni à ses instituteurs ni à l'infirmière de l'école.

« Pas tant qu'il comprenait pas ce qui se passait, juste qu'il avait comme décidé d'endurer coûte que coûte. »

A travers le récit de Daniel, je voyais petit à petit se dessiner les traits de Bernard. Je l'imaginais qui fuyait les fureurs de son père et allait se réfugier dans l'étable ou partait dans les bois se cacher un moment. Je sentais aussi le ressentiment qui devait grandir en lui contre tous ceux que son père haïssait et qui le rendaient si mauvais. Comment est-ce qu'un gamin qui se faisait battre par son père aurait pu penser autrement que de faire rejaillir la faute sur ceux que le père maudissait en brandissant sa ceinture ?

Bernard avait fini par partir. Avant d'avoir l'âge, il avait fourré quelques vêtements dans un sac à dos, et il avait quitté l'appartement de son père et la compagnie de ses oncles à moitié mutiques. L'oncle Daniel, bien qu'il n'ait évidemment pas eu son mot à dire, avait pensé que c'était bien, que ça lui enlèverait de la bouche le goût de l'échec que la fratrie ne pouvait plus, elle, oublier.

Il ne me dit pas grand-chose de la suite de la vie de Bernard, semblait ignorer les études qu'il avait suivies, les pays qu'il avait visités pour son travail de géologue, ne savait rien des échecs qu'il avait sans doute lui aussi subis. Tout ce qu'il savait, c'est que ça avait fini par le rattraper. Qu'il était revenu s'installer dans la vallée, dans un gourbi insalubre. Et que, souvent, il répétait, avec trente ans d'écart, les grondements de son père, sans comprendre qu'il n'en avait jamais été le véritable responsable.

Mado a vu passer Bernard Manet. Elle me l'a dit quand je suis allé lui rendre visite hier, pour lui porter du fromage. Il avait traversé son hameau éloigné de tout et avait mendié un peu de nourriture, presque surpris d'y trouver quelqu'un. Il errait dans la montagne, semblait vouloir s'éloigner de la vallée où il avait grandi, vécu et tué. Il se fuyait lui-même, poursuivi qu'il était par ses propres pensées. Mais la virginité d'un paysage sauvage ramène à soi.

Jusqu'alors, il était sûrement resté plus bas en aval de la rivière, là où la vallée se transforme en plaine et où les montagnes se changent en collines. Le paysage, ça change le caractère des gens. Quand il est plus humanisé, il rend moins attentif à l'environnement. Manet avait dû en profiter pour se cacher dans une ruine agricole sans qu'on le remarque.

Dans la plaine, on ne le connaissait pas et on ne prêtait pas suffisamment attention aux granges abandonnées pour pouvoir remarquer quelqu'un s'y installant clandestinement. Ces vieux bâtiments à moitié en ruine ne leur évoquaient pas plus de vie qu'une meule de foin qu'on aurait laissée à moisir, ou qu'un talus empli de ronces. Rien ne leur rappelait qu'on avait vécu dans ces bâtisses, qu'on y avait travaillé à nourrir le pays alentour. Ils n'imaginaient pas qu'on pourrait toujours le faire. Dans la plaine, encore plus vite que chez nous, les paysans avaient laissé leurs vieilles granges pour de grands hangars de fer et les autres habitants avaient oublié que cela ait seulement pu exister. Le fugitif avait eu tout loisir de se faufiler dans l'une d'elles et d'y aller et venir pour mêler ses pas à ceux des citadins qui parfois prenaient les sentiers enneigés pour leur balade du dimanche. Ainsi, il pouvait se procurer à manger dans des commerces où on ne le reconnaîtrait pas. Peut-être que des promeneurs l'avaient croisé près de sa grange et s'étaient dit qu'il ne s'agissait que d'un clochard qui pouvait bien être réfugié ici depuis des années. Qu'est-ce que ça changeait, selon leurs critères, qu'une grange soit abandonnée ou occupée, qu'elle serve à ranger du foin ou du vent, à héberger des vaches ou les corneilles ? Rien. Cela faisait partie d'une époque révolue dont ils étaient peu curieux.

Et puis, il était remonté vers les lieux qu'il connaissait. Là où la rivière demeurait vive. Il était allé demander de la nourriture à son oncle Denis. Mais ça ne leur plaisait pas qu'il revienne, on allait le repérer, dans la vallée… Il avait fini par suivre les sentiers dans la montagne et était parvenu au hameau de la Mado. Il était maigre et ses habits déchirés.

« Pas beau à voir, confirmait-elle. J'ai pas pensé à prévenir qui que ce soit. Et puis, comment est-ce que j'aurais fait ? Le temps qu'ils viennent, il aurait déjà disparu, je pouvais pas le retenir. Ça aurait rien changé, de toute manière. »

Après un moment de pause, elle avait pris une voix sourde et grave :

« Il était plus vraiment là, si tu veux mon avis. »

C'était une mise en garde autant qu'un constat. Elle voulait dire qu'il avait déjà quitté le monde des hommes, et aussi qu'il faudrait se méfier si je le retrouvais, car il ne serait plus retenu par nos règles et nos lois.

Je soupçonnais aussi Mado de ne pas s'être montrée très accueillante lorsque l'intrus était arrivé. A cette période de l'année où la neige s'apprête à prendre les sommets et les cols aux hommes, Mado n'était pas habituée à recevoir des visiteurs. Elle n'avait pour compagnie que ses chèvres, vivait recluse avec ses fantômes. Manet ne devait pas avoir été incité à s'attarder.

Il était en partance pour le monde des bêtes, de la montagne et de la forêt. Celui-ci, s'imaginait-il, n'avait rien à lui reprocher et devrait l'accepter sans sourciller. Mais c'était mal le connaître. C'est un univers qui se laisse parfois observer de loin, mais n'ouvre pas ses portes facilement. Il est tel un animal apeuré qui se sait menacé, et il faut avoir vécu longtemps à ses côtés pour ne serait-ce que venir l'effleurer de la main, au risque de se faire mordre. Dans ces parages, on va au-devant du vent et de la faim, de l'absence de refuge pour passer la nuit, de la crainte de ne pas savoir où trouver à manger ou à boire. Là, ignorer les signes avant-coureurs d'une tempête veut dire mourir de froid. On ne peut s'affranchir impunément du monde où l'on est né.

« Il avait l'air complètement perdu, a-t-elle ajouté. Il m'a saluée, mais sans me reconnaître. Pas qu'on se soit vus souvent, mais quand même. Je lui ai dit qu'on le cherchait dans la vallée, mais il a pas répondu. Seulement haussé les épaules, et puis il est parti. »

Je fis part à Mado de mes doutes. Je ne voyais pas Manet survivre seul dans le massif.

« Peut-être bien qu'il a tenu le coup, affirma-t-elle. L'était déjà maigre comme un blaireau au début du printemps, pour sûr. Mais, dans ses yeux, y avait la crainte et la haine d'un animal poursuivi. Ça peut faire aller loin, ça. »

Et puis la neige n'était pas encore là. Il pouvait encore faire quelques réserves s'il savait piéger, et s'il avait bien ravitaillé chez ses oncles il arriverait à s'en sortir.

J'avais regardé pensivement les cimes qui entouraient la vallée en une couronne magnifique, et suis resté dormir dans la grange qui m'avait accueilli lorsque je cherchais mon père. Il me restait bien des pentes et des vallées à explorer pour rattraper celui qui l'avait tué et pour comprendre pourquoi.

Dans la nuit sombre et sans lune, de celle où l'on voit le mieux les étoiles au début de l'hiver, j'essaie de parler à mon père. Marie-Louise m'a dit qu'on a le droit de parler aux morts quand ils nous manquent, et depuis son enterrement je ne l'ai pas revu. Alors oui, il me manque.

« Oh le père, tu te souviens de comment t'es mort ? »

Je l'appelle depuis le seuil de chez nous, mais il ne répond pas. Je continue tout de même en me disant qu'il entend peut-être, de là où il est.

« Moi je sais. »

Les gendarmes ont interrogé les oncles Manet. Le plus âgé en savait long, car son neveu lui avait beaucoup parlé. Un début d'explication était ressorti de leurs débats décousus, et les gendarmes trouvaient que ça collait avec ce qu'ils avaient vu sur les lieux du meurtre.

Mon père l'avait surpris durant ses fouilles et l'avait chassé en lui jurant qu'il l'empêcherait de continuer. Il lui avait même pris certains de ses outils des mains, comme autant de preuves de cette activité illicite dans une zone protégée. Manet avait cru que mon père allait le dénoncer. Avec tous ses ennuis avec les gendarmes, pour le braconnage et les fusils de chasse qu'il ne déclarait pas toujours, pour des plaintes des voisins quand il gueulait sur ses chiens ou qu'eux faisaient du raffut à force de n'être pas nourris, il n'avait pas besoin de ça.

Il avait déraillé et était allé récupérer son arme. Pour l'effrayer, avait-il juré à son oncle. Et pour récupérer ses outils. Mais mon père n'avait rien voulu entendre. Même devant l'arme et la hargne de Manet. Il devait se dire que l'homme ne pouvait être aussi fou et mauvais. Seulement Manet se sentait perdu. Ça avait bouillonné dans sa tête alors que mon père s'éloignait, le dos tourné. Il avait tiré, voulant juste lui faire peur sans doute. Au lieu d'un coup de semonce, il l'avait atteint et mon père s'était écroulé. Les traces retrouvées sur place confirmaient que Manet n'était pas allé vérifier les effets de son tir. Mon père aurait pu s'en sortir si Manet était allé à lui, s'il était sorti de la rage folle qui l'empêchait de penser ses actes. Il s'était enfermé plus profondément dans la peur et il avait fui, laissant mon père agoniser. Lui s'était traîné sur plusieurs dizaines de mètres, jusqu'à la mare, avant de perdre connaissance.

Souvent, je continue comme ça à parler à mon père pendant des heures avant que la fatigue me terrasse et que le froid me pousse à me réfugier à l'intérieur. Je n'ai jamais craint l'hiver dans la montagne, mais il impose une autre vie. On se renferme petit à petit sur soi. On rentre plus tôt le soir, on pousse le poêle, on se lève plus tard le matin, on porte de lourds pulls et même des couvertures si l'on veut veiller et lire dans son fauteuil. Ça fait moins de place pour les apparitions qui viennent de l'extérieur.

Alors je laisse la porte plus ouverte que de raison et permets au froid d'entrer. Ne pas avoir vu mon père depuis aussi longtemps me fait penser qu'il est peut-être définitivement mort. Ailleurs, ça n'aurait aucun sens de dire ça, mais ici, j'ai l'impression d'avoir le droit, bien que peu de gens l'expriment directement. Il y a trois jours, je suis passé à l'épicerie du village et la patronne m'a demandé si mon père ne me manquait pas trop, sur ma montagne, et j'ai cru qu'elle savait qu'il venait me voir, avant, et que maintenant c'était fini.

Le problème, c'est que je n'ai pas idée de la manière dont il faut chercher un mort. J'ai l'intuition qu'il ne faut pas trop leur courir après. Quand j'ai procédé ainsi, le soir où j'avais vu sa blessure, il a fui. Peut-être que je l'ai trop traqué derrière chaque pierre, près des sources qui sortent des flancs des montagnes pour arroser les vallées ou auprès de nos bêtes, auxquelles il s'était tellement attaché. Peut-être que je dois aller dans des endroits qu'il n'avait pas partagés avec moi. Voilà pourquoi je veux me rendre à Paris. Autant pour apprendre à connaître ma mère que pour lire ses brisées à lui. Aussi parce que depuis sa mort je sens dans la poitrine, comme lui dans son dos, un grand trou béant et brûlant, de ne rien connaître de sa vie d'avant.

C'est normal que les enfants ne puissent pas s'imaginer la vie de leurs parents sans eux et qu'ils n'en sachent pas tout. On ne peut pas regarder en arrière, bien que les gens restent en général habiter au même endroit, gardent travail et amis. Mon père, lui, était parti tel un damné un peu avant mes deux ans et il avait tout abandonné, depuis son travail jusqu'à la mère de son enfant, en passant par ses amis. Toute sa vie. Si bien que je ne connais rien de cette partie de lui, hormis ce qu'il me racontait sur la ville, les commentaires qu'il ajoutait aux livres qu'il me donnait à lire.

Ce grand vide dans ma poitrine, je sens qu'il est lié à ça. Avant que mon père meure, je faisais taire le manque, car je pensais qu'il se comblerait année après année, qu'il le remplirait au fil des saisons comme se remplissaient nos étagères de livres, comme il emplissait ma tête des idées qu'il s'était forgées à l'université. Mais non, ce n'était jamais venu, et voilà qu'il est trop tard. Je dois aller le chercher.

Avec ma mère, on n'avait pas décidé de date pour le voyage. Alors je suis descendu chez Marie-Louise pour l'appeler. Elle m'a demandé comment j'allais, mais je n'ai pas répondu. Ce qui est sorti était plus important et ne pouvait attendre : « Est-ce que je peux venir chez toi ? »

Mes courses après Manet ne donnaient rien. Il avait dû se terrer dans une combe, dans une grotte que je ne connaissais pas. Ou peut-être que les gendarmes ont raison et qu'il est passé dans le pays voisin. Ils le veulent toujours. Que je reste là ne change rien. Et puis, j'ai d'autres traces à suivre.

De toute façon, l'hiver est de plus en plus là. Les signes dans le ciel ne trompent pas, dans quelques jours la neige viendra et on ne pourra plus passer les cols même les plus proches. Les oiseaux nagent dans le ciel blanc terne comme dans du lait en train de tourner. Ils filent droit et sans détour. Finis les acrobaties et les chants joyeux. Ils préparent leur départ et je veux en faire autant.

« Tu peux venir dès que tu veux, Martin, tu sais bien », a dit ma mère sur un ton doux.

Pas étonnée. Elle arrangerait tout.

II

1

Premiers jours à Paris

J'ai pris le train pour la première fois. Avant, il y avait un projet de ligne qui devait remonter la vallée jusqu'à notre village, mais il a été abandonné. Il n'en reste que le tracé qui court au milieu des ronces. C'est un bon coin à mûres, car la trouée recueille les eaux de ruissellement des pentes autour et c'est tout de même un peu dégagé et bien ensoleillé. Les fruits sont gros et sucrés. Mais on n'a jamais vu de train passer sur ce chemin.

De toute façon, ça n'aurait rien eu à voir avec l'énergie et la vitesse du train dans lequel on m'a fait monter pour aller à Paris. Il déchire les paysages qu'il traverse. Il veut se détacher de leur temps figé et stable. Ça se voit que ceux qui l'ont inventé ne supportaient pas la manière de vivre de leur propre pays, dans leur envie de moderniser ils voulaient ridiculiser la façon de vivre des gens qui habitaient au bord. On dirait que presque toutes les maisons que l'on voit depuis le TGV sont vides, leurs habitants partis. En plus du bruit que ça doit faire, ils devaient surtout subir ces passages incessants qui leur rappelaient qu'eux étaient immobiles et coincés là, dans la même vie depuis des générations. Le TGV les a poussés vers les villes et leur vitesse.

Je me sentais un peu mal dans ce train où le paysage défile sans qu'on ait le temps de bien voir ce que l'on cultive dans les champs autour. A cette saison, il n'y a que les jeunes pousses de blé qui normalement doivent être en place et se préparer à dormir sous un fin manteau de neige pour rejaillir de toutes leurs forces au printemps. Mais ça va tellement vite qu'on pourrait les confondre avec des repousses de trèfle ou de fourrage. Qu'est-ce que c'est que ce pays où on ne sait même pas ce que plantent les paysans ? je me demandais. Est-ce que tout le monde s'en moque, de savoir ce qu'il va manger à la saison prochaine ?

Les autres passagers n'avaient en effet pas l'air de beaucoup s'en soucier. La nourriture leur arrive en tellement grandes quantités dans des magasins, et de manière si détournée, qu'ils ne doivent pas faire le lien entre ces champs tout bêtes et leur assiette. C'est pour ça qu'on peut leur refiler n'importe quoi. Ils ne font pas la différence.

Je suis arrivé à Paris un soir où le ciel était dégagé. J'ai compris ce que voulait dire mon père lorsqu'il racontait que nos étoiles brillent plus fort qu'ailleurs. En tout cas, elles brillent plus fort qu'ici. On les voit à peine.

Sous un ciel qui commençait à virer à l'orage, au sortir de la gare, ma mère m'a pris dans ses bras.

« Martin… » elle a soufflé, sans que ce soit vraiment une question ni tout à fait une affirmation.

Juste un mot qui flottait là, au-dessus de nous, un enchantement, un mot magique pour s'assurer que c'était bien moi, que je n'étais pas un fantôme moi non plus. Ce n'était pas encore une vraie embrassade. Je sentais qu'elle était toujours gênée et rendue maladroite par le poids des années d'éloignement. Mais je sentais aussi qu'elle essayait de se rattraper.

Ensuite, elle m'a directement emmené chez elle. Un bel appartement dans un quartier calme. Son mari, Louis, était absent, en déplacement pendant un mois. Mais leur fille Claire était là. Pauline nous a rapidement présentés.

Claire a chuchoté un bonjour. Elle me dévisageait avec un sourire amusé. Son air curieux semblait signifier que ça ne faisait pas longtemps non plus qu'elle avait appris mon existence. Le mari de Pauline, lui, il devait savoir, et son déplacement professionnel tombait à pic pour ne pas assombrir les retrouvailles par la réouverture de vieilles blessures. Un instant, je me suis senti comme un cadavre sorti du placard, mais le sourire de Claire m'a ôté cette impression désagréable.

Elle ressemble beaucoup à sa mère. A ma mère. Peut-être qu'elle se dit la même chose de moi. Et Pauline, surprise de nous voir face à face, nous a regardés, chacun à notre tour, cherchant des airs de famille. Elle m'a ensuite fait visiter l'appartement, m'a parlé un peu du quartier et de ce que je pouvais y faire, des parcs et des musées pas très loin. Elle était si heureuse de ma présence, assurait-elle. On ne pourrait pas rattraper le temps perdu, avait-elle ajouté avec une nuance de regret dans la voix, mais on allait pouvoir se découvrir l'un l'autre.

« Si tu as des envies ou des idées de ce que tu voudrais faire plus tard, dans un futur proche, je veux dire, je t'aiderai. »

Je n'écoutais que d'une oreille, car je n'avais qu'une idée en tête.

« Mon père, il étudiait où, déjà ?

— Eh bien à la Sorbonne, comme moi. Mais il y a aussi été prof. Brièvement. Enfin, chargé de cours. Il était brillant, tu sais. Mais en colère contre tout, c'est pour ça qu'on voyait bien qu'il ne pourrait pas rester longtemps, qu'il allait se mettre tout le monde à dos. »

Il était tard et je tombais de fatigue. Mais, le lendemain, Claire m'accompagnerait dans mes premiers pas en ville.

C'est là que nous sommes allés en premier. A la Sorbonne. Claire y suivait ses cours, ainsi elle n'avait qu'à me déposer et me donner un plan en nous fixant rendez-vous un peu plus tard.

« Je t'aurais bien indiqué un ou deux bars sympas, mais à cette heure ils sont fermés. »

Elle m'a regardé et a eu ce même sourire que la veille, intriguée comme si je débarquais d'un pays lointain et que je ne cadrais pas du tout avec l'ambiance locale et qu'elle savait bien en réalité que même si les bars avaient été ouverts je n'y serais pas allé. Elle m'a planté une bise sur la joue, toute fraîche et riante, et elle s'est sauvée, son sac sur l'épaule.

Je suis resté un long moment à regarder les bâtiments de la Sorbonne. A en faire le tour en essayant d'imaginer mon père devant ces murs. Est-ce qu'à l'époque il avait déjà les cheveux mi-longs, complètement ébouriffés, comme sur les rares photos que j'ai vues de lui ? Je guette son ombre dans l'embrasure des portes qu'on ne peut plus franchir sans carte d'étudiant. Bien sûr, je n'en ai pas. Et l'ombre m'échappe.

Il y a de toute façon trop de vivants pour que les ombres gardent leur place ici. Comment se souvenir de ceux qui sont passés par là, quand on a déjà du mal à saisir les présences innombrables qui se croisent, les identités multiples qui se mélangent. Ça a quelque chose de vertigineux de penser à tous ces gens d'horizons différents, venant aussi bien du quartier d'à côté que de pays lointains pour étudier ou enseigner là. De vertigineux et de fascinant.

Mais cela efface aussi les souvenirs. Quel besoin aurait-on de les conserver quand des histoires nouvelles s'écrivent tous les jours ?

On dit pourtant que c'est un lieu chargé d'histoire, mais les murs en pierre, ça n'est pas comme un arbre qui grandit avec inscrit en lui tous les épisodes de sa vie, ou un pré qui garde la saignée du chemin qu'on emprunte tous les jours et où l'herbe ne repousse jamais aussi haut. Les murs ne se souviennent du nom des gens que si on les grave au burin. Et mon père n'était pas du genre à s'imposer ainsi.

Les portes me restent closes. Comment mon père, ancien enseignant à la fac, a pu ne même pas me faire passer le bac ? J'aurais l'air d'un fou si je disais ça à un des étudiants qui me contournent vivement pour entrer dans les bâtiments. J'observe les jeunes professeurs qui entrent là avec leur cartable de cuir, l'air terriblement absorbés dans leurs pensées. Ils tendent leur badge d'accès aux vigiles sans même adresser un regard, à peine un bonjour. On entre ici comme dans une usine qui veut garder ses secrets de fabrication ou se prémunir d'agitateurs. Ne manquent plus que les portiques de fer.

Alors, je fais le tour du quartier. Espère y lire les traces de ceux qui y mènent leur vie comme dans une forêt qui recueille les messages des morts et des vivants, les conserve en couches sédimentées comme elle accumule les feuilles qui se décomposent doucement. Mais ici, les signes changent trop vite. J'avance dans le quartier de l'université en écarquillant les yeux. Même grands ouverts, j'ai l'impression qu'il n'y a pas assez de place sur la rétine pour tout enregistrer.

Dans les rues en contrebas, vers les boulevards encombrés de touristes et de voitures, je cherche la piste de mon père, j'essaie de l'imaginer passant à tel carrefour, s'engouffrant dans les bâtiments de la faculté. Je le vois avec sa démarche de paysan. Penché en avant, se battant contre le vent et contre la pente à la fois. Les montées demandent une agilité, une endurance particulières qu'on ne retrouve pas dans les plaines. Pourtant, il marche moins vite que les autres piétons, chacun de ses pas s'enfonçant un peu. Dans le sol meuble sur lequel il avait l'habitude d'avancer, il faut bien s'appuyer et reprendre de l'énergie à chaque enjambée, ce qui fait qu'on laisse des empreintes partout où on va. C'est ainsi que l'on s'approprie un territoire.

Ici, avancer de cette manière paraît incongru. L'homme que je tente de retrouver n'est pas celui que j'ai connu, son image s'est effacée sans qu'il puisse laisser d'indices et les jeux de piste qu'il m'organisait autour de notre maison auraient, dans ces rues, tourné court. Dans la ville, tout paraît s'effacer sitôt apparu, les feuilles mortes balayées à peine au sol. Et le souvenir de mon père n'est qu'une de ces feuilles, tombée d'un arbre déraciné.

J'entre dans une librairie pour voir s'il y est plus à son aise. Tout d'abord, je peine un peu à l'imaginer là. Lui si grand dans une si petite boutique. A quoi servent la taille et la force dans une ville où tout est si entassé, où les allées entre les livres sont si serrées, trop étroites, si bien que lorsqu'on consulte un ouvrage il faut se coller à l'étagère dès que quelqu'un d'autre désire passer ? Peut-être que ça faisait sourire les gens de le voir se plier en quatre pour attraper des livres en bas des piles.

Pourtant, je le vois plus fidèle à l'image que j'ai gardée de lui. L'odeur des volumes entassés prend corps en lui. C'est bien ici que se sont posées ses mains avant qu'elles n'attrapent une houe. Ici, elles ont connu les livres avant la hache. Ses paumes, elles devaient encore être lisses et douces et ses doigts n'avoir de cales que celle que l'on a sur la première phalange du majeur quand on tient son stylo. Et ça n'est plus son fantôme dans la montagne, c'est moi qui le convoque et qui projette son image entre les rayons. Je le vois plus ressemblant à ce qu'il était chez nous, devant les étagères pleines de livres qu'il avait construites dans notre chambre sitôt les murs de notre cabane étayés, à croire que les livres eux-mêmes tenaient le toit. Et je vois bien qu'ils étaient autant de souvenirs emportés avec lui depuis la ville pour les semer sur les pentes des alpages, comme d'autres plantaient des arbres.

Avec en tête la vision de mon père, je reste un long moment interdit devant une terrasse qui se remplit alors qu'il n'est pas encore midi. On croirait un troquet de campagne un jour de foire, où les paysans amènent leurs plus belles bêtes et où les commerciaux de John Deere ou Massey Ferguson tentent de leur vendre des tracteurs si gros qu'ils ne passeront pas par les petites routes de montagne, sauf à détruire les murets qui les longent, construits par des générations de paysans auparavant. En ville, les buveurs sont bien mieux habillés et moins braillards, pas de visages rougis par le froid et d'yeux fatigués par un réveil à l'aube. Il y a des jeunes femmes, seules, en train de fumer ou de boire du vin ou de la bière, ce qui n'arriverait jamais un matin de foire.

La foule a sa propre respiration. Un murmure comme celui du vent que l'on peut discerner, mais pas vraiment comprendre. Le vent apporte les voix de la vallée, des animaux et des arbres ; la foule a son propre rythme et ses voix disent plus que la somme des conversations collectives. Je me tiens à l'angle de deux boulevards, et essaie de sentir ce frémissement. J'écoute la multitude me frôler, la sens m'éviter de manière automatique, chauves-souris contournant l'obstacle au dernier instant, groupes absorbés par des conversations menées par téléphones interposés. Je ne parviens pas à en saisir le sens complet, mais ça n'a pas d'importance, à cet instant, les pensées de la ville me semblent conçues ainsi, comme un travail collectif involontaire, sans contremaître.

Les pensées de la ville sont faites d'énergie pure qui se dirige toute seule, qui anime les individus et leur donne une envie de se mouvoir et de parler. La ville ne peut pas compter sur les rochers, sur les pentes, sur les forêts pour établir ses lois, alors elle se nourrit de l'énergie de ses habitants et leur en fournit en retour. C'est comme de l'électricité statique, qui est là, à l'intérieur des gens, autour de leurs beaux vêtements neufs, et qui se décharge dans les frottements entre eux, dans les petites cohues lorsqu'ils traversent tous en même temps ou qu'ils se pressent dans des magasins. Au milieu de cette atmosphère chargée, je suis sans arrêt attiré par de nouveaux visages, par de nouvelles couleurs. J'ai le bout des doigts qui me pique et les oreilles qui bourdonnent. C'est l'électricité de la ville qui entre en moi, parce que je ne l'avais jamais sentie jusqu'ici. Elle sait que je suis un nouveau, alors elle me salue et me montre ce dont elle est capable.

Est-ce qu'elle est comme la montagne ? Est-ce qu'elle a, elle aussi, ses propres envies, ces jours où elle vous offre son bonheur, vous illumine, et d'autres où elle s'acharne sur vous parce que vous n'avez pas voulu jouer selon ses lois ?

L'après-midi était déjà bien avancée quand je suis allé rejoindre Claire et une de ses amies au rendez-vous que nous nous étions fixé. Elles étaient déjà installées.

Je crois bien que j'étais complètement ébouriffé, illuminé, comme revenu des hauteurs. Ivre. Pas de l'air vif qui ouvre le cerveau, mais de foule et de bruits.

Les deux filles m'ont regardé arriver avec ma tête d'allumé et ont ri en me voyant me faufiler maladroitement entre les haies de tables. Il ne faisait pas beau, mais visiblement les Parisiens ne jurent que par les terrasses, jusqu'au plus profond de leur hiver gris, alors qu'en dehors de l'été nos buveurs se réfugient à l'intérieur des bars, devant des comptoirs en Formica qui les rassurent par leur permanence depuis les années 1960, « quand ça allait mieux ». Aussi peut-être parce que chez nous il ne fait pas bon être vu assis à ne rien faire que regarder passer le temps et boire à des heures où d'autres sont au travail. Boire chez soi à s'en rendre malade et à détruire sa famille, personne n'a rien à y redire, mais laisser filer la journée en public, ça c'est mal vu.

En chœur, les deux filles m'ont lancé un « Alors ? » amusé, plus une affirmation qu'une question. Une manière de dire qu'elles ne doutaient pas de me voir déboussolé par mes premiers pas, plutôt que de vraiment me demander ce que j'avais ressenti. De toute façon, je n'aurais pas trop su quoi dire. J'ai seulement répondu, incapable de dire quoi que ce soit de plus intelligent :

« Y a du monde… »

Elles, elles riaient, deux complices d'une bonne blague. Elles avaient le rire communicatif et je les rejoignis dans ce moment d'abandon.

2

Le Jardin solidaire

A Paris, le temps ne s'écoule pas pareil. Tout d'abord, il me semble qu'il y en a moins qu'ailleurs, ou qu'il passe plus vite, et ensuite, je me souviens moins de comment je l'ai utilisé. Les jours et les nuits ne se suivent pas de la même façon que chez moi. La nuit n'a pas la même densité. Elle ressemble tellement aux journées qu'elle n'existe presque plus. La différence entre la nuit et le jour s'efface à cause de toutes les lumières qui me tiennent éveillé, à cause de tous ces gens qui passent à toute heure dans les rues. Le précieux temps de la ville, rare et derrière lequel tout le monde court, exige qu'on occupe les nuits autant que les jours. Si bien que je n'arrive pas exactement à savoir depuis combien de temps je suis là et il me faut regarder mon billet de train pour me rappeler quand je suis arrivé.

Depuis que je suis ici, j'ai les yeux électriques. Les nouveautés, ça vient frapper la rétine et ça fait un effet immédiat sans qu'on parvienne à tout assimiler. Ça donne en permanence envie d'en voir plus. Au moins dans les premières semaines. Les matins, en prenant mon café dans le salon de l'appartement de Pauline, je regarde toutes les belles choses qu'il y a là. Des photos encadrées de blanc qui montrent Paris autrefois, des catalogues d'exposition, des vases en céramique noire posés sur des meubles brillants aux angles francs. Chez moi, rien n'a d'angles aussi réguliers. Tout a été fabriqué par mon père ou un vieux du village, mi-paysan, mi-charpentier. Dans l'appartement, ce sont des machines qui ont construit ces meubles aux angles si droits. Le mouvement naturel de la main de l'homme, c'est de tracer des courbes, de passer sur les surfaces comme sur la joue d'une amie. Douces sont les rondeurs qui sortent des mains nues, et les meubles qu'elles fabriquent sont pleins de jolis défauts.

Seulement, pour poser de beaux vases en céramique dessus, qui pourraient se casser en tombant, ceux-là sont moins pratiques. Quand on vit avec beaucoup d'objets, on doit s'habituer aux angles droits.

Souvent, sans faire attention, je me cogne aux tables et aux étagères, qui prennent tellement de place. Mes mouvements même ne vont pas avec le décor et mes vêtements se prennent dans les poignées de porte, aux coins des commodes. Je n'arrive pas encore à adopter un mode de déplacement adapté à la configuration des lieux. Mes mouvements débordent. Au début, cela amuse ma mère, puis elle s'en inquiète.

« Tu te sens bien, ici ? »

Je hausse les épaules. Incapable d'expliquer. Pour elle, tout ça c'est naturel, c'est elle qui a tout choisi. C'est sa manière d'imaginer un cocon.

Je lui dis que c'est Paris qui me déboussole un peu. Que tous ces gens, tout le temps et dans tous les sens, ça me fatigue. Il faut que mes sens s'anesthésient pour mieux supporter.

« Ton père ne tenait pas en place non plus.

— Il se cognait partout ?

— Non. Je veux dire qu'il voulait tout bousculer. C'était séduisant. Effrayant aussi, parfois. »

Au fil des jours, par petites touches, elle me raconte mon père. Elle ajoute des détails à un portrait qu'elle n'avait fait qu'esquisser lors de notre première rencontre, à l'enterrement. On était trop près du mort, trop près de chez nous pour pouvoir parler librement. Elle pensait peut-être que je n'étais pas prêt pour entendre tout ça, qu'il fallait que je m'éloigne un peu de ma montagne pour accepter.

« Il ne voulait pas faire de concessions. Il voulait qu'on t'élève différemment. Il avait toujours ce mot à la bouche. "Différemment". »

Pendant qu'elle me raconte tout ça, nous allons d'une pièce à l'autre comme si le mouvement l'aidait à faire remonter les souvenirs. On ne discute jamais assis sur un canapé. On fait le tour de l'appartement. Elle pose des piles de papiers sur son bureau, tape le bord des feuilles sur le bois verni. Elle ne range pas vraiment, au contraire, elle sort des bibelots et elle les dispose un peu partout. Chaque fois qu'elle retire un livre d'une étagère ou qu'elle prend un vase pour y placer des fleurs, c'est comme si elle retrouvait un vieil ami ou son adresse dans un répertoire, et qu'elle la mettait en évidence sur une commode ou une table basse pour se souvenir de l'appeler sans tarder. D'occuper ses mains et de toujours bouger, ça l'aide à formuler ce qu'elle essaie de dire.

« J'étais perdue, à l'époque. J'avais déjà peur de m'occuper de toi, même ici. Alors, dans les montagnes…

— Pourquoi t'es jamais revenue ?

— J'ai essayé. Une fois. Quand ta sœur est allée un peu mieux.

— Mais après, je veux dire.

— Ça se jouait entre ton père et moi. Il me dissuadait. Il disait qu'il s'enfuirait plus loin dans la montagne si je venais te reprendre. De mon côté, j'avais trop peur d'être rejetée par toi aussi. Que tu ne me crois pas si je débarquais et que je te disais que j'étais ta maman. »

J'ai parfois l'impression qu'elle me raconte la vie d'un autre, que tout cela ne colle pas. Comme si je n'étais pas l'objet des batailles avec mon père quand elle lui disait vouloir retourner avec son mari, Louis, et qu'il se moquait cruellement de son respect des convenances, comme s'il ne s'agissait pas de moi lors de leurs disputes à propos de l'éducation de leur enfant. Mon père avait décrété que plus rien de bon ne sortirait des écoles et des appartements bourgeois. Il disait qu'ils enfermaient la pensée, que pour rêver un enfant a besoin de se rouler dans l'herbe plus que dans des draps de soie sur un lit moelleux. Il reprochait violemment à celle qu'il avait aimée de se laisser boucher l'horizon par les immeubles des quartiers chics.

« Ça lui donnait le beau rôle… »

Parfois, elle me donne l'impression d'inventer au fur et à mesure, comme s'il lui fallait expliquer tout ça pour que je lui pardonne, mais ses mots résonnent avec ce que je connais de mon père, et de toute façon je n'ai déjà plus besoin de lui pardonner. Quand on a déjà perdu quelqu'un une fois, on serait trop bête de le faire fuir à nouveau.

Elle a toujours du mal à aller plus loin, comme si elle trouvait que ça ne suffit pas comme explication à cette vingtaine d'années de séparation. Alors que de toute façon il n'y a rien qui soit suffisant, mais rien que je ne pourrais lui pardonner maintenant qu'on s'est retrouvés. Aussi, quand on en arrive là, la conversation se reporte sur moi et elle me demande si je n'ai pas envie de venir vivre à

Paris, de commencer des études, ou de chercher un travail.

« Ça me plaît bien… »

Je réponds dans un murmure et laisse la fin en suspens. Je n'ose pas lui dire que je ne pourrai jamais m'y faire, au bruit et au monde qu'il y a ici. Oui, c'est de la vie qui déborde et c'est bon à voir. Mais il y a tout le reste. Les regards inquisiteurs, les voies toutes tracées qu'il faut prendre, la violence de certains instants. Les fantômes aussi. Car Paris a bien ses propres spectres. Sauf qu'ils sont vivants, je les ai vus. Des hommes et des femmes qui dorment dans la rue, qui tendent la main lorsqu'on passe devant eux. Il y en a à tous les coins de rue. Devant les boulangeries, les épiceries, les distributeurs de billets. Ils sont des taches sombres sur les murs ternes, des trous noirs qui absorbent la lumière des rues. Nul ne semble les voir, c'est bien qu'ils doivent être des fantômes.

A propos de son mari ou de mon père qui revenaient, la Mado disait qu'on les voyait parce qu'on avait compris quelque chose et qu'ils venaient le confirmer, ou nous guider plus loin. Chaque société, chaque culture doit bien avoir ses fantômes. Ceux de la Mado venaient du passé lui rappeler les traditions. Ceux des villes viennent montrer aux vivants ce à quoi ils sont voués s'ils abandonnent les règles de leur monde.

Il y a un roman qui dit que les clochards sont des épouvantails pour ceux qui travaillent, afin d'éloigner d'eux l'idée de chercher à changer ou à fuir. Dans ce livre, c'est un clochard qui exprime ce sentiment : « Si t'arrêtes de bien bosser, si tu gueules contre ton chef, si tu cesses de produire, voilà ce que tu vas devenir. Une loque. Une masse difforme en haillons que personne ne verra plus. » Voilà ce que clament les fantômes de la ville.

Certains, comme dans ce livre, le disent avec un regard moqueur révélant qu'ils ont bien compris, qu'ils voient la vraie place des gens et perçoivent la peur dans leurs gestes brusques de retrait devant eux, dans leurs regards fuyants. Ils se moquent des passants, et les passants leur donnent moins souvent.

Regarder dehors me fascine. Je suis ébahi par la rapidité des piétons, par les scènes saccadées qui se succèdent de minute en minute. Regarder dehors, c'est passer d'une vie à l'autre, d'une urgence à la suivante, sans avoir le temps de comprendre ce qui se joue. C'est l'asphalte qui fait accélérer les villes. Les hommes ont créé le bitume pour aller plus vite, mais désormais c'est lui qui leur impose son rythme.

La terre, elle, va plus doucement, et le spectacle qu'elle offre à qui sait regarder est lent et cyclique. Chez moi, au petit matin, je regarde la forêt de l'autre côté de la vallée. Parfois, un soleil fauve éclaire ce flanc de la montagne, et avec ses pieds dans la brume et les nuages d'un bleu intense qui l'encadrent, on dirait un volcan. A cette époque de l'année, les hêtres qui montent jusqu'à mi-pente ont perdu leurs feuilles et lui font une couverture violette, sauf à la lisière où l'on voit leurs troncs blancs. Parfois un champ de pierres, vestige d'anciennes coulées de lave, met un peu de clarté dans la forêt. Par endroits, on voit des parcelles toujours vertes plantées de pins.

Avant, ce n'étaient que des champs. L'exode a laissé la forêt, peu à peu, remplir l'espace. Les arbres avancent lorsque la place est libre.

Tous ces campagnards qui sont partis et qui gagnaient leur pain en étant paysans, il faut désormais leur apporter la nourriture jusque dans les villes où ils travaillent. D'une certaine manière, la liberté et la place que l'on a à la campagne sont liées à l'entassement de la ville. De ce côté de la vallée, il n'y a plus qu'un seul agriculteur qui a repris tous les « bons » champs. Les plus grands, donc, et les plus plats, les plus faciles d'accès. Les bois nous remplacent quand nous abandonnons la terre.

Au début, les bâtiments des villes, ça ressemble aux arbres d'une forêt. Ils ont l'air semblables les uns aux autres, et ils n'affichent que de subtiles nuances, qui font que lorsqu'on passe pour la première fois dans un quartier on ne distingue pas une rue de la suivante, et puis peu à peu on finit par les arpenter les yeux fermés et par voir les particularités comme des évidences, se demandant comment on avait pu ne pas les remarquer auparavant.

Ma mère m'a donné un plan de toute la ville et je visite avec elle dès qu'elle arrive à se libérer de son travail. Souvent, je reste dans un arrondissement jusqu'à le connaître au mieux avant d'en visiter un nouveau. On dirait que les quartiers sont aussi différents entre eux que des vallées montagnardes. Il n'y a pas de col pour les délimiter, mais, souvent, on sent le changement s'opérer d'une rue à l'autre. L'attitude des passants peut varier de manière infime et les devantures des magasins être plus ou moins propres et bien mises, plus aérées.

« Si tu veux savoir si des objets coûtent cher, avait plaisanté ma mère un jour où nous visitions un quartier chic, regarde la place qu'il y a entre chacun d'eux. »

Une réflexion à moitié ironique qui n'aurait pas déplu à mon père. Parfois, il y avait plus de place pour les tee-shirts à vendre que pour les vendeurs.

Partout, je cherche des indices du passage de mon père. Il ne m'avait rien raconté de ce qu'il vivait là, ses bars favoris, des jardins où, peut-être, il allait lire entre deux cours. Ma mère soulève un peu de ce pan opaque de l'histoire familiale. Elle m'indique un immeuble, « mais c'était moins propre à l'époque », où mon père louait une chambre de bonne, puis un ou deux troquets, non loin de la Sorbonne, où ils se donnaient rendez-vous. Un autre où il avait célébré son départ avec ses copains goguenards et qui, pour la plupart, pariaient sur un retour avant la fin du premier hiver. Je peine à l'imaginer faisant la fête ici, à l'opposé de tout ce qu'il prêchait du haut de sa montagne.

« C'est bien ça que ça veut dire, changer de vie, non ? »

Je scrute le sol et vois des traces que je ne sais pas lire. Même s'il avait plu on n'y comprendrait rien. Ça ne sort d'un magasin que pour entrer dans le suivant ; saute d'une voiture pour pénétrer dans une boutique, s'arrêter devant une vitrine. Tout le monde est habillé de gris comme chez les animaux les femelles, qui, pour demeurer inaperçues et se cacher des prédateurs, sont toujours plus ternes que les mâles.

Lorsqu'ils passent sur du béton, les chemins se moquent des dénivelés, les rues montent vers le haut des collines et tournent à angle droit à la manière des animaux apeurés. On peut se laisser porter par les signes, mais il faut oublier l'instinct qui pousse l'homme, comme les renards, à avancer par rebonds, en allant voir ici et là ce qui attire son regard, à vérifier que rien n'a changé dans son environnement proche, car c'est ainsi qu'on en acquiert une connaissance intime, qu'on voit si un nouvel animal a élu domicile sous un renflement du terrain, si une chasse a eu lieu entre un grand duc et une musaraigne ou si un arbre mort donne des rejets. Si le chemin était un langage, ces détours seraient des digressions. Pas nécessaires, mais ajoutant de la vie au discours. Là, les choses changent trop vite pour qu'on en tienne le compte, l'air est saturé de transformations. Alors, on marche tout droit pour se préserver de l'instabilité du monde. Dans le règne animal, seuls les loups vont en ligne droite.

D'impasses en ruelles, avec ma mère, nous réglons nos pas l'un sur l'autre et apprenons ensemble les bifurcations, les allers-retours, les digressions, donc. Marcher ensemble, c'est une manière d'apprendre à se connaître. Tous deux, nous préférons les petites rues aux grands boulevards. Elle m'emmène dans des quartiers moins chics que celui dans lequel elle habite. On passe devant des bouches de métro qui portent les noms de révolutionnaires qui étaient dans les livres de mon père. De ceux et celles qui voulaient bouffer les bourgeois, en faire de la pâtée, et qui seraient étonnés de voir ces quartiers aujourd'hui. Je le dis à ma mère et elle sourit d'un air entendu.

Ça déborde encore plus de vie qu'autour de la Sorbonne. Il y a des gens de toutes les couleurs, des couleurs que je n'ai jamais vues avant. J'espère qu'ils ne remarquent pas comme je les regarde avec attention. Ils le prendraient de travers, alors que ce n'est que l'envie de me remplir les yeux. Lorsqu'on vient d'un endroit où l'on connaît presque tout le monde, se sentir précipité dans une ville immense a quelque chose de l'ivresse. Partout, il y a de nouvelles têtes et de nouveaux accents. Je voudrais demander à tout ce monde d'où il vient, mais ce serait sûrement mal pris. Tandis qu'au village laisser entendre à un passant qu'il n'est « pas d'ici », même s'il vit en réalité dans un bourg à quelques kilomètres, et évidemment lui dire qu'il a « un drôle d'accent », c'est normal. C'est une introduction en société. En ville, les provenances sont tellement variées qu'on a bien du mal à les différencier. Et comme personne n'est vraiment de là, on se préoccupe plutôt de savoir où vont les gens. Et moi qui cherchais à comprendre leur vie en les regardant, dans cette rue animée du Nord-Est parisien, je devais passer pour un drôle de type vaguement perdu.

Plus encore que dans les autres quartiers, les corps se touchent, se percutent en faisant de petites étincelles invisibles. Il y a de la vie qui jaillit de partout, sous les formes les plus variées. Ce qu'il y a tout de même d'impressionnant, c'est la dépense d'énergie folle que semble exiger la vie ici. Chez moi, j'utilise beaucoup d'outils manuels, je me déplace le plus souvent à pied. L'énergie qui m'alimente, c'est la nourriture que je récolte presque exclusivement moi-même. Ici, tout a une batterie. Les vélos, les téléphones, les trottinettes, les écouteurs sans fil, les écrans publicitaires. Tout semble devoir être électrifié pour trouver sa place dans un écosystème aussi foisonnant qu'une forêt primaire qui pousse du plus fort qu'elle peut pour sortir de la terre.

Nous nous écartons un peu en prenant une rue qui remonte vers le nord.

« Ton père aimait bien ce quartier. »

Ma mère me montre des restaurants aux tables rétro mais nettes, au carrelage clinquant, à la déco faussement vieillie.

« On dirait qu'ils datent des années cinquante, hein ? »

Elle prend un air de conspiratrice en ajoutant :

« En fait, ça a ouvert il y a peut-être six mois. Ça pousse de partout. »

Pour l'heure, ces bistrots détonnent encore dans le coin et rien qu'à regarder par les vitres, on voit bien que les habitants historiques du quartier ne s'y sentiraient pas chez eux. Pas qu'on leur interdise l'entrée, mais il n'y aura rien qui leur parle, rien pour les attirer. Le quartier se dérobe à eux, rattrapé par le centre et sa richesse.

Dans une impasse, nous apercevons un jardin débraillé, avec un fouillis de bambous qui masque la vue. Deux cents mètres plus haut, nous avons longé le passage Dieu, ici, ça s'appelle l'impasse Satan. Au fond, on voit mieux ce jardin qui semble avoir poussé tout seul. Je jette un regard interrogateur à ma mère, qui répond d'un haussement de sourcil, et nous entrons.

Les murs qui encadrent le terrain gardent le souvenir des immeubles qui se tenaient là, à la place du jardin, et dessinent les contours des pièces en couches de papier peint terni, autant de pelures d'existences arrachées à leur quartier. On aurait pu imaginer les habitants de ces pièces que l'on devine toutes petites, relogés plus loin, dans des bâtiments plus récents sûrement, mais toujours plus écartés du centre de Paris, encore un peu plus à la marge.

Les arbres ne sont pas hauts, mais on sent bien qu'ils respirent. On les a laissés pousser comme ils veulent. Ils se sont développés de manière peu régulière, et ont une allure dépenaillée à cette saison où ils ne portent plus de feuilles. Mais personne n'a entrepris de les obliger ni de les contraindre. Il y a une sorte de scène en palettes, un kiosque en matériaux de récupération, à mi-chemin entre l'œuvre d'art géniale et la construction instable d'un charpentier fou. Des graffitis sur les murs, en dessous des chambres aux papiers peints. Dans l'une d'elles, quelqu'un a dessiné une ampoule qui pend d'un plafond qui n'existe plus, avec un enfant assis qui lit. La vie se blottit dans un recoin, attendant l'occasion de rejaillir.

Par endroits, on a posé des treilles contre les murs des immeubles pour palisser des arbres fruitiers et de la vigne, mais la plupart des plantes sont laissées à elles-mêmes. Il y a bien des allées, mais elles ne forment pas un chemin obligé, fermé par des haies buissonnantes et taillées droit. La perspective semble s'être construite toute seule, sans fil conducteur établi à l'avance, mais plutôt par ajouts successifs à un tableau impressionniste collectif, où chacun est libre de mettre ses couleurs. Il y a dans ce jardin un mélange d'ornement et de liberté potagère, de plantes sélectionnées et de rudérales capables d'éclore sur les décombres de nos vies, sans qu'on les attende. Dans un coin, il reste des choux déployant leurs larges feuilles vertes et rouges au milieu de touffes d'arbres aux papillons qu'on reconnaît à leurs grappes de fleurs restant accrochées. Une grande pelouse accueille de-ci de-là des massifs de fleurs dont on ne voit plus que les tiges fatiguées. On croirait que certaines sortent des débris du terrain vague que l'on devine encore sous les aménagements spontanés du jardin. Des saxifrages, qui savent pousser sur les cailloux, à la fois en tirant leur nourriture de ce qu'on pourrait croire stérile et en s'accrochant à ce terrain déserté par les autres plantes, le rendant progressivement fertile et y creusant des failles.

Nous restons plantés là, ma mère et moi, à observer des gamins du quartier, laissés par leurs parents à la vigilance et à la bienveillance collectives, venus jouer dans le grand bac à sable ; une vieille dame déposant un peu de nourriture dans une coupelle à l'intention des chats de gouttière ; d'autres gosses en train d'arracher ou peut-être de replanter une touffe d'herbes et jetant épisodiquement des regards mi-hilares, mi-inquiets autour d'eux. Je remarque, amusé par autant d'apparat, un groupe d'adultes, venus avec toute la panoplie du parfait jardinier, mettre en terre trois pieds de framboises, lorsqu'on nous interpelle :

« Pauline, c'est toi ? »

Vêtu d'un bleu de travail élimé, un homme s'extrait du groupe en train de gratter la terre et s'approche de nous.

« Tiens, Philippe, qu'est-ce que tu fais là ? »

L'homme tente sans succès de recoiffer ses cheveux bruns ébouriffés, abandonne sa pelle et pose deux bises sur les joues de ma mère. Il me tape sur l'épaule comme si on était de vieux copains.

« Salut !

— C'est Martin, le fils de Jean-Claude », lui dit ma mère.

Il répond d'abord par un hochement de tête puis nous montre le jardin d'un large signe du bras.

« Alors bienvenue au Jardin solidaire, Martin. Je suis content de te voir, la dernière fois, c'était chez toi, à la montagne, mais tu étais tout petit. Tu ne dois pas t'en souvenir. Nous étions bien amis avec ton père, tu sais, Martin. Je n'ai pas pu venir à son enterrement, mais je pense souvent à lui.

— C'est toi qui as créé ce jardin ? » interroge ma mère.

Il acquiesce.

« Ça ne m'étonne pas. »

Elle me pousse de la main pour que je m'approche un peu de Philippe et profite de la visite.

« Tout le monde peut venir planter ce qu'il veut, nous explique-t-il fièrement. Il n'y a pas de grille, c'est ouvert tout le temps. »

Il nous fait faire le tour rapidement, puis il me prend par le coude.

« Tiens, je vais te présenter des jeunes de ton âge. »

Il me tire vers un renfoncement discret où pousse une sorte de bosquet dense et broussailleux avec un tas de gravats qui barre à moitié l'entrée comme si l'endroit était abandonné.

« C'est la Réfo », dit-il.

Le repaire, apparemment, de quelques jeunes des rues autour, moins intéressés que les autres par l'occupation du trottoir.

Sans me lâcher, il me présente à trois d'entre eux assis sur des bidons rouillés et une vieille souche.

« C'est Martin.

— Salut. Moi c'est Arnold.

— Couly.

— Martin, c'est un jardinier aussi. »

A la tête qu'ils font, je comprends que c'est un titre qui a son importance et que, normalement, on ne l'obtient pas à la première visite. D'ailleurs Philippe, lui, ce n'est pas un simple jardinier. C'est « Le Jardinier », car c'est lui qui a ouvert le jardin, a découpé la grille du terrain vague et en a ôté les immondices à l'abandon pour le rendre aux habitants du quartier. Mais il n'a pas chassé les jeunes de la Réfo qui étaient là avant lui, il n'a pas essayé de rendre tout plus beau et plus propre que ça ne pouvait l'être dans un quartier comme celui-ci. Et surtout, il ne l'a pas enlevé à ceux qui y venaient déjà parce qu'ils feraient trop sales. Sinon quoi ? Ça voudrait dire que les réhabilitations en fait ça n'est pas pour les gens qui sont déjà là et pour qui il n'y aurait que la crasse qui vaille ?

Alors, ce titre, on ne le gagne pas aussi simplement que ça, et que Philippe me l'ait décerné si rapidement, ça les étonne, et ils froncent les sourcils en me dévisageant. L'un d'eux lui a demandé comment je pouvais être jardinier aussi jeune. Si ça pouvait être un titre important, ça restait un truc de vieux.

« Il vient de la montagne », a répondu Philippe comme si cela constituait une réponse évidente. Ça a eu l'air de convaincre le troisième d'entre eux, qui n'avait pas encore dit son nom. Il me tend la main en hochant la tête et en me glissant son surnom comme on présente un secret précieux à quelqu'un en qui on a confiance :

« Bangui. »

Avec ma mère, on est restés un petit moment là. Puis, quand on est partis, Bangui a sorti la tête de son repaire et m'a hélé :

« Viens voir, jardinier !... Y a de la forêt chez toi, dans ta montagne ? »

Je fais oui de la tête.

« Bien sûr.

— Comme ma Réfo, demande-t-il en rigolant, ou plus grand ?

— Plus grand. »

Lui venait de Centrafrique, de la grande forêt tropicale au sud-est du pays, aux limites du Congo. La Réfo, c'était le truc le plus approchant de chez lui qu'il avait pu trouver. Les voisins pensaient qu'ils venaient pour manigancer des choses pas nettes, du trafic ou quoi. Mais lui c'était pour se rappeler la forêt. En retournant vers ses potes il a ajouté :

« Reviens, tu me raconteras tes arbres. »

3

Elsa

Depuis que je suis arrivé, j'ai du mal à dormir. Un bourdonnement incessant me parasite les oreilles. Il y a forcément quelque part des voitures, des métros, des camions de livraison qui circulent et dont l'agitation se répercute sur les hauts murs qui encadrent les rues. Le bruit des voitures au loin ne perce pas la nuit comme il le ferait dans une vallée de montagne, mais il la peuple, il lui donne sa texture. La ville ronronne en permanence.

De toute façon, c'est moins important de peu dormir ici parce que, la nuit, il se passe toujours plein de choses. Plusieurs fois, ma sœur m'a amené à des fêtes. Je pense qu'au début elle trouvait exotique de montrer ce frère qu'elle venait de se découvrir, tellement différent de tout ce qu'elle connaissait. De tout ce que tous ses amis connaissaient.

Mais nous aimons aussi être ensemble. Je lui parle de mon père et de ma vie à la campagne ;

elle de ma mère. Elle me reproche mes avis tranchés, qu'elle impute à mon père, sur tout un tas de sujets et elle affiche une sorte de fatalisme, de relativisme qui me désoriente encore.

« Tu dis ça, mais qu'est-ce que t'en sais au fond ? »

Au début, ça m'avait cloué. J'avais essayé de lui parler des fantômes, des siens, de ceux de Paris. Enfin, je disais les SDF, comme je l'avais, elle, entendue dire. Mais elle ne partageait pas ma vision là-dessus. Elle disait que les gens les voyaient bien, contrairement à ce que je prétendais. Qu'ils les voyaient même trop, au contraire, et qu'ils en étaient lassés et perdaient la force d'y penser, de s'en soucier. C'était un réflexe de survie, selon elle.

« T'es pas d'ici, tu comprends pas. »

Avec ses amis, la discussion est plus difficile et le fossé plus grand à combler. Un soir, nous sommes allés dans un appartement particulièrement grand et bien placé au-dessus d'une place fréquentée. Je me suis installé sur le balcon. Les balcons sont la respiration des villes, ce sont eux qui permettent de ne pas s'y sentir trop enfermé. On peut y contempler la ville avec sérénité et, ce soir-là, j'y suis resté pas loin d'une heure, plus absorbé par ce qui se passait dans les rues en contrebas que par les conversations autour. Je me sentais un peu comme dans ma montagne à regarder depuis les cimes les villages en fond de vallée.

Et puis j'ai trouvé qu'on n'était toujours pas assez haut, et donc toujours pas assez libre. Pour ça, il fallait être vraiment tout seul, au sommet. Je me suis dirigé vers le coin du balcon, je suis monté sur le parapet et me suis accroché à la gouttière qui montait vers le ciel. Les types qui étaient venus fumer là n'ont pas réagi tout de suite, mais j'avais à peine passé l'étage du dessus, suspendu à une corniche décorative, qu'une exclamation est montée jusqu'à moi :

« Arrête, Martin ! Fais pas le con ! »

J'ai reconnu la voix d'un ami de ma sœur rencontré quelques jours auparavant et avec qui on avait, pour une fois, pas trop mal discuté. Je me suis tourné afin de lui signifier que tout allait bien, que ça ne craignait rien, je ne montais pas pour me jeter dans le vide, au contraire. Mais à cet instant j'ai vu le type qui habitait là débarquer l'air énervé et commencer à gueuler que c'étaient quoi ces conneries et que j'avais intérêt à redescendre en vitesse, bordel !

Je me suis retrouvé bien vite sur le balcon, en face du type qui vociférait comme si je venais de trouer un de ses murs.

« OK, OK, excuse-moi, ça craint rien, tu sais, c'est facile.

— Dégage, mec, je veux pas d'embrouilles, je sous-loue, moi. Si les pompiers se pointent parce qu'un mariole s'est étalé sur la chaussée depuis ma terrasse, je vais avoir des emmerdes.

— Je te dis que je suis désolé, j'allais ni sauter ni me casser la gueule…

— OK, mais plus de conneries, hein. Tu fais comme tout le monde, tu bois ce que tu veux, tu fumes ce que tu veux, mais tu t'envoies pas en l'air autrement. Merde. »

Il paie, alors il a le droit de t'empêcher de vivre. C'est ce qu'ils pensaient tous. Chacun est prêt à monnayer sa liberté contre un coup à boire, une soirée dans un appartement plus grand que le sien, ou un salaire à la fin du mois. Le prix d'un moment de confort, c'est un peu de liberté. Et ce soir-là, ils avaient sacrément besoin d'oubli et de bruit. Personne n'a bronché pendant que le type me criait dessus, juste pour passer ses nerfs puisque j'étais descendu, et ça ne risquait plus rien, je promettais de ne plus recommencer. Personne pour lui faire remarquer qu'en même temps qu'il gueulait il renversait la moitié de son verre sur mes chaussures.

Après qu'il s'est calmé, j'ai eu droit à un quart d'heure de gloire. Deux filles déjà un peu éméchées sont venues me parler de comment ça devait être agréable de se sentir aussi libre et que d'en haut des toits on doit avoir l'impression de tout dominer. Elles parlaient sans s'écouter et sans attendre de réponse. Moi, je ne disais rien.

Lorsqu'elles m'ont demandé ce que je faisais dans la vie, j'ai bredouillé :

« Je… je suis paysan. Avec mon père, on avait des vaches et on faisait du fromage. »

Ça m'a fait bizarre de l'exprimer de cette manière. Jamais chez moi on ne m'avait demandé ce que « je faisais », ou pire « ce que j'étais », comme si le travail, la façon de gagner sa vie, constituait ce que l'on est. Chez moi, on n'avait pas besoin de répondre à cette question, tandis qu'ici je sentais bien que je n'arriverais pas à bien tout expliquer. Etre paysan, ça pourrait leur parler, même si on ne devait pas mettre la même signification sur ce mot. Ma vie de paysan, ça n'était pas conduire un tracteur dans de vastes champs de blé, mais plutôt aller ramasser des prunes sauvages, torse nu, en sentant le soleil brûler ma peau, avoir le temps de regarder passer les nuages pour deviner le temps qu'il fera le lendemain pour savoir s'il faut rentrer les courges pour l'hiver. Etre paysan, ça peut être juste de vivre avec le pays qui vous entoure, apprendre à le connaître et à savoir ce qu'il a à offrir.

De toute façon, leurs questions ont duré cinq minutes en tout. La curiosité des gens s'arrête à eux-mêmes, ne va pas au-delà de ce qu'elle peut comprendre immédiatement. Ce qui est bien sûr le contraire de la curiosité. Tout ce qui est trop éloigné est d'emblée considéré comme inaccessible et inintéressant. Les deux filles, quand je leur ai avoué que j'étais paysan, car au fond c'est bien ça qu'une partie de moi était, elles sont tout de suite parties à m'expliquer combien elles trouvaient formidable d'entretenir un lien à la terre et à m'assurer qu'elles admiraient la vie simple et le contact avec la nature. Elles disaient « nature » ou « la terre » comme on parle d'Indiens jamais entrés en contact avec la civilisation. Elles remplissaient le vide qui se creusait entre nous.

Je me suis installé dans un coin et suis resté à observer vaguement ce qui se passait. Après un moment, une fille est venue s'asseoir à côté de moi sans un mot. Je n'osais pas trop la dévisager, mais j'ai remarqué son parfum et restai là à tenter de bien le discerner au milieu des odeurs de fumée.

« Tu sais que les anthropologues estiment que les parfums, ça sert plutôt à tenir les autres éloignés ? Que pour attirer et séduire il vaut mieux ne pas se laver et laisser agir les phéromones ? »

Elle a écarquillé les yeux, étonnée que je lui adresse la parole ainsi, sans préambule. Et elle a ri doucement.

« C'est une technique de drague, ça ?

— Euh, non. Je sais pas, j'ai simplement dit ce qui me passait par la tête.

— Eh ben pourquoi mon parfum t'a pas fait fuir ?

— Je sais pas, c'est pas ce que je voulais dire. C'était une façon de parler. Ça m'est passé par la tête, quoi.

— En tout cas, c'est sûr qu'en parlant comme ça tu vas pas te faire beaucoup de potes…

— Excuse-moi, je voulais pas être malpoli.

— Non, t'inquiète, c'est pas grave. C'est plutôt marrant. De toute façon, moi non plus dans cette soirée j'en ai pas vraiment.

— Non ?

— Bah, ils me gonflent. Ils font semblant de tous être les meilleurs amis du monde. Si tu les prends séparément, ils auront tous des reproches à faire à tous les autres. Mais s'ils lâchaient tout ce qui leur passe par la tête, ils se foutraient tous sur la gueule en à peine dix minutes.

— T'es sérieuse ?

— Complètement. Tiens, Marc, le type chez qui on est et qui t'a engueulé, c'est qu'un con. Il a une grande gueule et il arrose, mais dès qu'il y a le moindre risque que quoi que ce soit lui tombe sur la tronche ou nuise un peu à sa réputation, il se planque et ne vient pas l'ouvrir.

— Et les autres pensent aussi ça de lui ?

— Sûr.

— T'as l'air contente d'être ici, toi. Pourquoi est-ce que tu te barres pas s'ils te gonflent autant que ça ?

— Peut-être que c'est comme avec le parfum. A force, on apprend à ignorer les signes biologiques qui nous disent de nous barrer. »

Je ne sais pas si c'est l'alcool qui lui donne ce ton mordant, mais ses explications, à mi-chemin entre l'ironie désabusée et le plus grand sérieux, m'amusent.

« Marc au début, quand il m'embrassait, sa joue froide et molle, ça me filait des frissons dans le dos. Mais avec l'habitude, c'est passé. Et puis tu sais, c'est pas facile de rencontrer des gens dans cette ville. Tout le monde a son groupe et admet difficilement les nouveaux. On a une bande depuis le lycée ou la fac, et puis chacun prend une nouvelle direction. Et si on n'est plus d'accord avec certains d'entre eux, on le garde pour soi, on n'ose pas le dire. T'apprends à faire abstraction si tu veux pas te retrouver tout seul comme un plouc.

— Ah ben ça va. Moi, c'est déjà pour ça qu'ils me prennent. »

Elle a ri à nouveau, doucement.

« Je sais. J'étais là pour ton premier jour. Tu te souviens ? On s'est vus dans le bar, vers la Sorbonne. »

J'ai fait oui de la tête, ça me revenait maintenant. Elsa, la copine de ma sœur. Je l'avais vue le jour de mes premiers pas à Paris, ébouriffé de couleurs et de bruit. Ça me paraissait une éternité. Après une pause, elle a poursuivi :

« Ça te dirait qu'on se casse de cette fête ? »

On est partis sans dire au revoir. On n'allait pas leur manquer et le type qui recevait serait sûrement plutôt content qu'on s'en aille sans plus d'histoires. Nous sommes entrés dans un bar et pour une fois je ne ressentais pas les présences autour, je ne m'arrêtais pas sur les clients qui parlaient trop fort, sur ceux qui en rajoutaient sur leur complicité avec le barman ou avec leurs compagnons de tablée. Je ne m'intéressais qu'à Elsa, en face de moi. Tellement présente, à me raconter sa vie et à écouter la mienne.

Elle m'a expliqué qu'elle venait de commencer à bosser dans la pub, sans que je parvienne vraiment à comprendre en quoi consistait son travail.

« Pas grave, ça va pas durer. Dès que je trouve autre chose, je m'arrache. »

Contrairement à ce qu'elle disait juste avant à la soirée, elle avait des idées bien arrêtées et pas peur de les dire. Elle avait les bras croisés sur la table devant elle. Ça la surélevait légèrement plus que si elle était restée assise et lui donnait l'air d'être à la fois plus déterminée, prête à bondir, et légèrement instable, se balançant d'un bras à l'autre. Elle trouvait son job bidon, disait-elle en avançant le menton pour appuyer son propos.

« Ça paie le loyer. »

Ce qui résolvait le problème principal d'une bonne partie de la population de la ville, poursuivit-elle. Elle, son salaire c'était pas le Pérou, mais ça lui suffisait pour s'en sortir.

J'ai admis que de mon côté, je ne savais pas trop ce que je foutais dans cette ville, dans cette histoire, que depuis la mort de mon père j'avais besoin de prendre du temps loin de chez moi, loin du travail quotidien avec les bêtes et les plantes, mais que Paris, ça ne me réussissait pas. Est-ce que ça me servait, d'être venu, à part pour visiter et voir où avait vécu mon père ? Une fois que j'aurais bien vu, qu'est-ce que j'allais faire ? Une fois que les yeux sont pleins, qu'est-ce qu'on fait de tout ce qu'ils ont vu ?

Je lui ai raconté que je voulais rencontrer les anciens amis de mon père ; découvrir ma mère aussi, mais qu'avec son travail on ne passait pas autant de temps ensemble que j'aurais aimé le faire. A la campagne, on peut partager les travaux de l'autre, puis il partagera les vôtres. Ainsi, personne ne perd de temps. On parle peu dans l'effort, mais on apprend à se découvrir petit à petit, plus par les mouvements du corps que par les paroles. Je n'allais pas me pointer à son travail et répondre à ses e-mails avec elle. Et qu'est-ce que ça m'aurait révélé sur elle d'observer ses mains courant sur un clavier et ses yeux fixés sur l'écran, sans expression ? Les travaux d'aujourd'hui n'engagent pas les corps, alors les corps n'expriment plus rien.

Du coup, avec ma mère, on ne se voyait presque que les soirs, lorsque je rentrais à un horaire acceptable pour elle, et les week-ends, où nous nous promenions dans les parcs. Elle me parlait beaucoup, me racontait ce qui s'était déroulé pendant ces vingt ans durant lesquels elle m'avait observé de loin et avait construit sa vie là-bas, avec son mari, sa fille Claire et son travail. Mais, plutôt que de rattraper le temps perdu, j'avais surtout l'impression de prendre acte de notre séparation, de constater que nos corps ne savaient pas se parler sans mots, ce qui signifie qu'ils sont étrangers l'un à l'autre.

Je me suis interrompu. Elsa me regardait avec de grands yeux. Elle a eu un sourire amusé.

« Tu parles drôlement. »

4

Bangui

Je m'étais construit une version du monde immuable : travailler avec mon père à la ferme pendant des siècles. Seuls seraient passés sur nous les nuages et les intempéries, nous n'aurions vu de variations que dans le cycle des saisons. Les années, elles, n'auraient pas eu de prise. Le changement « des époques de la vie », comme dit ma mère, celui qui fait qu'on peut vivre avec ses parents à un moment, puis partir étudier dans une autre ville et enfin travailler ailleurs, ne m'effleurait pas. Les seules évolutions que j'imaginais étaient des améliorations de la maison, ou des aménagements aux champs, parfois quelques arbres à planter ici ou là pour récolter plus de fruits. Je ne voyais pas mon père vieillir, pas plus que je ne m'étais senti grandir. Dans ma tête, je n'étais pas encore l'adulte que nos visiteurs voyaient en moi lorsqu'ils montaient à la cabane et ne comprenaient pas que je sois toujours ici plutôt qu'à l'université, ou plus loin dans la vallée à gagner un salaire. Car il n'y a que les jeunes enfants pour imaginer la vie telle une éternité à parcourir sans fin, pour penser que leurs parents sont éternels et rêver qu'ils épouseront leur père ou leur mère.

Je me sens perdu, pris dans un tourbillon de changement. Avant la mort de mon père, j'avais une connaissance intime de chaque arbre, de chaque animal, de chaque montagne. Des ombres infimes pouvaient me renseigner sur un orage qui s'approchait, sur les phases de la lune, sur les saisons qui passent ou sur l'arrivée impromptue de visiteurs devant lesquels fuient les passereaux ou siffle une buse. La mort du père est un grand incendie de forêt qui a tout ravagé et rendu la nature illisible. Je ne comprends plus rien, car il ne demeure plus rien à comprendre, plus de chants d'oiseaux qui disent les saisons, plus de traces de renard dans la neige près des sources, plus de nuages sur le sommet des montagnes pour deviner le temps qu'il fera. Ou plutôt, si, il y a bien des nuages qui s'entassent, mais ils ne font que boucher tout le paysage. La nature est devenue vide de signes et la ville, elle, en porte trop pour que je puisse les déchiffrer. Je n'ai plus que ma mère comme guide. Elle qui sait ce que la perte veut dire.

Aujourd'hui, quelques semaines après ma première visite, je retourne au Jardin solidaire pour discuter avec Bangui. Il jette un regard aux alentours pour s'assurer que les autres « maquisards », comme ils se nomment entre eux, sont bien absents, et il me désigne un vieux bidon en guise de siège. Sans plus de cérémonie, il m'interroge sur la forêt :

« Elle est comment chez toi, Martin ? Est-ce qu'il y a des bêtes dedans ? »

Je lui parle d'abord des petits animaux qui vivent partout autour de nous, dont on entend les bruits, les bourdonnements, les criaillements, les grattements contre les arbres. Ils ne sont jamais très loin quand on s'aventure sur les sentiers, seulement si on essaie de s'approcher d'eux ils se taisent vite. Pourtant, ils sont bien là et on repère leurs marques, leurs traces, partout. Ce sont eux qui font la forêt telle qu'elle est, et pas l'homme, qui y vient de moins en moins souvent et préfère planter des forêts artificielles pour avoir le sentiment de les contrôler. Sauf qu'il n'y a rien à contrôler parce que tout est mort dedans. Les petits animaux façonnent ces lieux comme nous mettons en ordre nos maisons, comme nous le ferions encore, me disait mon père, à condition de réapprendre à récolter plutôt que couper, encourager et sélectionner plutôt qu'imposer.

Je lui raconte ensuite les grands animaux. Des cerfs que nous surprenions avec mon père en partant couper du bois. Quittant les sentiers habituels, nous tombions sur des trouées dans les arbres où perçait la lumière du soleil et où les feuilles des jeunes hêtres se faisaient plus nombreuses et plus vertes, translucides au début du printemps. Un groupe de cerfs se tenaient en cercle et mangeaient sans se soucier de rien. Ce n'était qu'une fois tout proches qu'ils fuyaient.

En notre absence, les animaux ne sont pas sauvages. Ce n'est que par rapport à nous et à nos normes qu'ils sont domestiques ou pas, familiers ou nuisibles. Lorsque nous cessons de les observer et de les classer, ils sont seulement des animaux. Il n'y a que l'homme pour mettre autant de catégories sur les choses. Sans nous, il n'y a que la vie qui s'exprime, de toutes les façons qui lui paraissent bonnes.

Parfois, nous allions nous cacher au bord des clairières, non loin des sources qu'ils fréquentaient. Nous les voyions alors sans leurs habits de sauvagerie. Sans ces yeux de fous qu'ils prennent en voyant surgir un humain, sans la raideur dans la nuque qui marque leur fuite quand ils se sentent chassés.

Je lui dis les aigles qui s'envolent tranquillement à notre approche et survolent les cimes en attendant notre départ ; les chouettes que l'on entend la nuit délivrer des messages dont nous avons oublié le sens.

Enfin, dans cette forêt, il y a le loup. Je ne l'ai jamais vu, mais souvent j'ai lu son passage dans la neige. Je lui dis le choc que c'est, la première fois, de se rendre compte, par l'amplitude des foulées, que ce n'est pas la piste d'un chien que l'on vient de croiser. On peut y lire la vitesse et l'aisance avec lesquelles il se déplace, on sent la force qui l'anime.

« Quand tu vois ces traces, ça te donne l'impression d'être entré chez quelqu'un sans autorisation. Quelqu'un dont tu aurais vaguement peur et qui t'impressionnerait. Et tu espères qu'il ne va pas se pointer juste à ce moment et se rendre compte que tu es chez lui. Dans les vallées voisines, les loups font des dégâts parmi les troupeaux de brebis. Mais nous, on n'a que des vaches, alors on ne craint rien. Il y a pourtant plein de monde qui voudrait s'en débarrasser, de cette bête. Moi, je sais que ce n'est pas possible, car le loup, c'est l'esprit de la forêt. C'est la forêt elle-même qui le crée, et si on le tuait elle en ferait venir un autre et encore un autre, et ils seraient toujours plus gros pour résister mieux à nos assauts, pour s'enfuir plus vite et nous échapper après avoir attaqué nos bêtes. Le seul moyen de se débarrasser du loup serait de raser complètement la forêt, de faire taire tout ce qui nous y attire, toute notre propre animalité, de tout effacer. Mais mettre tout à bas jetterait contre nous tous les esprits qui habitent là, tous les animaux que nous aurions délogés. Ils se retourneraient contre nous. Je ne sais pas quel est le moyen pour arriver à concilier tout ça. La forêt, ses esprits, les animaux qui y vivent, nous, nos besoins et ceux des bêtes dont nous nous occupons.

— Il y a des esprits dans la forêt chez toi tu dis ? »

Devant sa question, je marque une pause. Emporté par mon récit j'ai utilisé ce mot dont je sais pourtant qu'il effraie les citadins, ou qu'ils n'y croient pas.

« Oui, enfin c'est une façon de parler, c'est pour dire qu'il n'y a pas que nous et de la matière inerte ou des animaux qui ne compteraient pour rien... »

Bangui ne semble pas effrayé. Il jette encore un regard autour pour voir si ses copains maquisards ne se sont pas pointés pendant qu'on discutait, et il me confie :

« Chez moi aussi, il y a ce genre d'esprits. »

Puis c'est lui qui raconte sa forêt :

« Je ne me souviens pas de tout, tu sais, j'étais trop jeune quand on est partis. Mais les arbres, ça oui, je les vois encore. C'étaient des géants. D'en bas, on n'apercevait pas leur cime. Si on posait la main dessus et qu'on restait sans bouger, on sentait les battements de la sève, toute leur énergie qui passait au-dedans. Si on posait l'oreille au bon endroit et qu'on écoutait bien, on pouvait les entendre murmurer. Les arbres se parlaient à eux-mêmes. Leur tête est tellement loin de leurs pieds, leurs racines descendent tellement profond alors que leurs branches montent si haut, qu'ils doivent se parler tout seuls pour que le haut sache ce qui se passe en bas. Si on en prend la peine, on peut les écouter et savoir reconnaître s'ils vont bien ou sont malades, s'ils se sentent heureux ou inquiets.

« Mais la plupart des gens ne s'en rendaient pas compte. De grandes équipes entraient dans la forêt, établissaient des camps dans ses profondeurs, et coupaient des arbres immenses pour en envoyer le bois dans les pays riches. Ils venaient avec de longues tronçonneuses et des fusils aussi, parce qu'ils savaient que c'était interdit, mais ils voulaient le faire de toute façon et si les gardes forestiers essayaient de les empêcher de couper la forêt ils leur tiraient dessus.

« Après, ils mettaient les troncs sur de gros camions. Gros comme si les routes n'avaient été dessinées que pour eux et pas pour les gens normaux qui eux sont obligés de s'arrêter à chaque frontière et chaque fois qu'un policier veut un bakchich. Eux, personne ne les embêtait. Ils pouvaient se promener dans tout le pays avec leurs arbres assassinés, leurs cadarbres sans vie, comme si c'était normal et personne, non personne, ne leur posait de questions. Ma mère disait que ça apportait des devises dans le pays, les dirigeants ne voyaient que ça et prétendaient que tout allait bien. D'ailleurs, il y avait le Congo juste à côté, et il suffisait que les arbres passent la frontière pour que tout le monde agisse comme si ces arbres avaient été coupés légalement. Les arbres, ils ne connaissent pas les frontières. Les hommes, oui. Quand un arbre passe d'un pays à l'autre, ça devenait un arbre tout neuf. Sa vie précédente s'effaçait et on aurait cru que jamais il n'avait été une graine, un jeune arbre protégé par ses aînés attendant de profiter d'une trouée dans la forêt pour s'élever à toute allure et devenir enfin un géant. Il n'était plus que du bois. Les douaniers, en voyant de gros camions tout chargés d'arbres, ils oubliaient tout ce qui avait pu se passer avant et ne se demandaient pas si c'était normal qu'on les ait coupés.

« Et les gens finissaient par s'asseoir dessus, dans leurs minuscules jardins en Europe, devant leurs arbres ridicules qui poussent de seulement quelques mètres, bien installés, assis sur des géants.

« Nous, on a dû partir à cause des bûcherons illégaux. Ma mère et mon père travaillaient à l'Office des forêts. Ma mère coordonnait les actions des gardes forestiers et mon père était l'un d'eux. Il a été tué lors d'une intervention et ma mère a reçu des menaces.

« Mon père, ils l'ont tué comme ils coupent les arbres. Sans se demander pourquoi il avait vécu, dans quel but il avait grandi. Cadavre d'humain enlevé à sa famille à côté des cadarbres enlevés à la forêt. Ma mère dit que les braconniers, à force de maltraiter les arbres, ils maltraitent les humains, qu'il n'y a plus de différence à leurs yeux et qu'à force d'être violents avec les uns ils le deviennent avec les autres, que ça a un rapport direct.

« Les maquisards, ils m'ont pris pour un fou quand je leur ai raconté tout ça. Leurs parents viennent d'Afrique autant que les miens, mais ils arrivaient des villes, alors ils m'ont pris pour un paysan superstitieux. J'ai essayé de leur faire écouter les arbres le long des boulevards, et ça n'a pas marché. Les arbres ici, ils ne parlent pas. Et même quand on écoute attentivement, on entend à peine la sève qui coule. Ces arbres, ils sont des cadarbres sur pied.

« J'ai laissé tomber, tu vois. J'ai prétendu que c'était une blague, que j'y croyais pas vraiment. Faut faire ce que font les autres, dit ma mère. Pas de vagues si on veut être accepté. Alors les arbres qui parlent, tu vois, j'ai fait comme si j'avais oublié. Aujourd'hui, je suis comme les gars de la rue. »

A l'écouter, je me dis qu'il doit y avoir d'autres gamins dans cette ville, aussi paumés que moi ou lui. Des jeunes qui ont grandi au pied de tours où ils se sentent étrangers, même s'ils sont nés dans ces banlieues que je vois de loin avec leurs immenses barres d'immeubles. Nous sommes les chardons. Moi, un chardon de la campagne et eux, encore plus résistants, qui ont poussé sous le bitume des grands ensembles. Personne ne nous garde une place. Mais c'est nous qui survivrons au climat déréglé, qui nous développerons dans tous les milieux. Les plantes cultivées, transformées en annuelles, sont incapables de passer l'hiver, ne tiennent qu'avec des engrais et si on les débarrasse de la concurrence des adventices, les « mauvaises herbes ». Mais c'est nous, les chardons, qui resterons si les jardiniers s'en vont.

5

Laisser des traces

Pour laisser des traces, il faut un sol à la fois meuble et stable, sur lequel on peut marquer son empreinte, sans qu'il retrouve ensuite son état d'origine. Comme le sol de la forêt où était passé Manet.

Chez moi, celles de mon père sont partout. Sur les poutres de notre maison, il a laissé les griffures et les entailles d'une plane de menuisier dont il tirait la grande lame vers lui pour dégrossir les troncs. Dans les bois, il a écrit des sentiers sous ses pas à mesure qu'il allait couper du bois. La ville, elle, est à la fois changeante et dure, comme ses habitants que rien n'impressionne.

Ma mère m'a dirigé vers plusieurs anciens amis de mon père. La plupart ont accepté et pris le temps de me rencontrer. Ils sont gentils et courtois, mais demeurent distants. Leur rupture d'avec mon père fait qu'ils ne savent pas trop comment m'aborder. On dirait qu'ils veulent s'excuser de m'avoir laissé entre ses mains, qu'ils se disent que vivre dans une cabane en montagne avec un fou de père aurait pu me tuer ou m'ensauvager.

« Ça va ? Ça va ? » me demande sans cesse l'un d'eux, si bien que je passe aux toilettes vérifier que je n'ai pas quelque chose sur le visage qui lui fait peur.

Il m'observe comme si j'étais l'enfant sauvage des Cévennes, petit rongeur nourri de faînes de hêtres et de châtaignes.

« Oui, ça va très bien. Et toi ? »

Mais il ne répond pas.

Aux plus coincés, aux plus gênés, j'ai envie de crier que ce sont eux qui me poussent à devenir ainsi. Ce sont leur savoir-vivre et leur bienséance qui font que les chardons tels que moi ou mon pote Bangui sommes considérés comme des sauvages. Qui est le sauvage si ce n'est celui qui crée la sauvagerie ?

Ma mère m'avait prévenu. Beaucoup étaient fascinés par mon père depuis la fac ou le lycée. Ils avaient formé un groupe autour de lui et n'avaient pas supporté qu'il s'en aille. Il les avait abandonnés, et eux croyaient qu'il avait cessé de les aimer. Beaucoup lui en avaient voulu et avaient cherché à se laver de cette relation. Ils préféraient prétendre ne l'avoir que peu connu.

Celui-ci a pourtant apporté quelques photos qu'il avait recherchées en apprenant la mort de mon père. C'étaient des souvenirs de vacances entre amis, et l'on y voit certains de ceux que j'ai rencontrés ces derniers jours et qui assurent se souvenir de si peu de moments en commun. On reconnaît mon père sur une plage, beau jeune homme bombant un peu le torse. Beaucoup plus mince que ces dernières années. Sur une autre, il fait le clown pour la photo et tout le monde rit.

« C'était l'année du bac », explique son ancien ami.

Toute la bande de lycéens était partie à l'océan. Sur une dernière, ils jouent aux cartes, l'air faussement concentrés. Les regards de ceux qui ne participent pas sont tous tournés vers mon père. Peut-être simplement que c'était à lui de jouer.

Au fond de moi, je parle à mon père et lui demande ce qu'il leur trouvait, à ces hommes et à ces femmes que je vois dans des salons de thé ou dans des bars où un simple café coûte bien trop cher pour que je me le paie sans avoir l'impression de me faire avoir.

« Fallait les voir plus jeunes ! »

Il rigolait en disant cela, comme quand il parlait de nos vieilles vaches avant de les réformer, ce qui est un euphémisme pour dire qu'on va les mener à l'abattoir. Faut dire qu'on les gardait bien longtemps, on leur laissait un sacré bonus par rapport aux autres éleveurs, et les maquignons faisaient les tatillons. « Fallait la voir plus jeune. » Et à sa manière de le dire, ça faisait comprendre au type qu'il s'en moquait, de ses remarques. Il n'allait pas négocier pendant des heures et ce qui comptait, bien qu'il l'envoyât à la mort, c'était son affection pour la bête, pas le bénéfice qu'il en tirerait. Qu'il dise ça sur ses vieux copains, ça signifiait qu'il leur pardonnait de ne pas l'avoir suivi, et pour la plupart de ne pas être venus une seule fois dans son refuge dans la montagne. Ce refuge dont il leur avait à tous parlé, concédaient-ils, sans qu'ils croient à son départ, cela leur semblait trop gros, trop différent de ce qu'ils vivaient au quotidien pour vraiment se produire. Surtout qu'à l'époque il se murmurait qu'il allait enfin avoir un bon poste à la fac.

Depuis que je suis à Paris, je n'avais pas encore vu mon père aussi précisément. Enfin, au travers des yeux de ses amis, je peux à nouveau l'imaginer. Je l'entends rire lorsque les plus bavards parlent des coups qu'ils faisaient ensemble, étudiants, de comment il mouchait systématiquement le doyen pendant les occupations d'amphis et ne se débinait pas devant les CRS pendant les manifs, enfin pas avant le tout dernier moment. Je vois ses yeux sombres dans ceux des femmes d'aujourd'hui qui l'avaient secrètement aimé lorsqu'elles étaient étudiantes. Je sens à nouveau sa présence qui flotte quelque part entre nous.

Les chemins et les sentiers que je cherchais dans les rues ou sur les murs des amphithéâtres, dans les rayonnages des librairies ou entre les rangées d'arbres bien alignés dans les parcs, sont en réalité dans la peau des gens, ou dans leur tête, ou dans leurs yeux. Les traces de mon père sont juste là, inscrites sur ces amis un peu circonspects et désolés. Pas sur l'asphalte des rues autour de la Sorbonne.

Peut-être est-ce uniquement pour lui que je suis venu à Paris, pour lui offrir une tournée d'adieu auprès de ceux qui ne sont jamais venus lui rendre visite, qu'il aimait tout de même au fond et à qui il dit enfin, à travers moi :

« Vous voyez, ça s'est bien passé à la campagne. Regardez Martin, il a bien grandi. »

Maintenant que le message est délivré, je peux m'en retourner.

Parfois, ces rendez-vous, j'y vais avec Elsa. Je voudrais qu'elle voie pourquoi mon père m'a autant influencé, et la meilleure façon, c'est de lui montrer tous ces gens qui sont encore marqués par lui. Aussi, ça affirme que je ne suis pas là seulement pour ça, seulement pour mon père, que ce n'est pas par tristesse que je suis venu ici. C'est plutôt pour comprendre. Et pour solder les comptes.

C'est comme si j'étais à une croisée des chemins. En parlant aux anciens amis de mon père, je quitte petit à petit la voie qu'il prenait, lui, sur laquelle je marchais à l'aveuglette, et je sens qu'une autre s'ouvre à moi. Elle se dessine peu à peu devant moi, et elle est inscrite dans les yeux et dans le corps d'Elsa. Elle ne veut pas encore que je lui dise ça, mais je le sens, là tout au fond de mon ventre.

Les arbres on dirait qu'ils ne bougent pas, mais en fait il y a une énergie folle à l'intérieur, qui bouillonne tout le temps et qui fait qu'ils fabriquent des tonnes et des tonnes de matière par an, que ça soit des feuilles, des fruits, des bourgeons, des nouvelles branches ou des épaisseurs d'écorce. Et le plus fou, c'est qu'on ne sait même pas vraiment comment ça marche, on ne sait pas comment ils font pour envoyer toute leur sève et toute leur énergie vers le bout de leur cime, tout là-haut. De dehors, on peut croire qu'ils sont inertes, mais en réalité ils ont une énorme énergie, alimentée par un moteur qu'on ne connaît pas.

Elsa me donne l'impression de vivre comme un arbre. Elle danse sous la pluie, elle se recoiffe après, mais ça tient encore moins bien, elle court pour arrêter les bus et demande au chauffeur d'attendre les petits vieux qui essaient de nous rattraper. Je la regarde qui souffle dans son bol de café quand on est chez elle. Il y a de la fumée tout autour d'elle, et ça la fait rire. C'est du café bien plus fort que celui qu'on prépare, nous, et je me demande comment elle peut en avaler autant sans avoir le cœur qui s'emballe après ça. Elle dit que c'est une question d'habitude. Le mien, il s'emballe.

De notre première nuit ensemble, je me souviens de ses mains qui me paraissaient si fortes, qui pressaient ma tête contre la sienne et qui me tiraient les cheveux. Elle dit que c'est parce qu'elle fait de l'escalade. De toute façon, elle a réponse à tout, avec cette manière de dédramatiser les choses, de les prendre comme si elles faisaient juste partie de la vie et qu'il fallait bien s'y résoudre. A tout ce qui me paraît étrange, ou au moins nouveau, elle trouve des explications naturelles. En fait, j'ai l'impression qu'elle aime mes questionnements et que ça lui plaît de leur inventer des réponses loufoques.

Moi, je crois qu'on sait si on aime quelqu'un quand on se souvient exactement de ses mots pendant l'amour. Je le lui dis, et là, elle ne répond rien. C'est qu'elle est d'accord. Elle prend juste ma main dans la sienne et la serre fort. Tellement que ça me fait mal. Si je lui disais qu'elle serre trop, elle me répondrait que c'est l'escalade.

Comme je n'ai pas de téléphone portable, elle est obligée d'appeler ma sœur ou sur le téléphone fixe de ma mère pour me parler.

« Je dois être bien polie et demander si t'es là. Comme quand j'étais au collège », elle plaisante.

Elle n'a pas encore escaladé jusqu'au quatrième étage pour venir frapper à ma fenêtre ni même chanté une ballade sous mon balcon, mais je crois que ça l'amuserait bien de faire comme si on était loin dans le passé. Pour se moquer un peu de moi.

Un jour où nous nous promenions, dans un coin du XXe arrondissement qu'elle aime bien, Bangui nous a appelés. Il a demandé si on était ensemble et il a lancé, suffisamment fort pour que j'entende à travers le combiné : « Ils évacuent ! » Je n'ai pas bien compris ce que cela signifiait ni de quoi il parlait.

Il ne répétait que ça, sans s'arrêter, et il ajoutait qu'il fallait qu'on vienne les aider. Je voyais bien, à la tête d'Elsa, qu'elle non plus ne comprenait pas. Qu'est-ce qui était évacué ?

« C'est le Jardin. La Réfo. Ils cassent tout ! »

C'était un massacre. Lorsque nous sommes arrivés, tout était presque fini. Une mini-pelle arrachait le dernier arbre. Un bouleau qui ne devait avoir que six ou sept ans, et dominait pourtant déjà le terrain. Dans la nature, c'est une espèce pionnière, une des premières à venir s'installer, et qui prépare le sol pour les essences plus tardives qui ont besoin d'un peu d'ombre pour pousser. Ensuite, le bouleau qui a grandi très vite et s'est épuisé laisse sa place. Arrivé le premier, il est le premier à repartir, vers de nouveaux terrains en friche à conquérir. Un bouleau, dans ce jardin gagné sur un terrain vague, ça avait du sens. Et il a été le dernier à être arraché, comme s'il disait déjà que quelque chose survivrait, que peut-être ces hommes venus avec des casques pour abattre d'aussi jeunes arbres et des haies de buddleias aux fleurs violettes foisonnantes changeraient d'avis et laisseraient la friche reprendre son chemin vers la mise en forêt.

Mais ces hommes n'ont pas d'avis, ils n'ont que des ordres à suivre. Philippe se tenait dans l'allée, entouré d'habitués du Jardin, et il lâchait par moments un « Salauds ! » à leur intention. Mais pas bien fort, car on aurait plutôt cru qu'il allait pleurer. Il se passait sa main devant le visage, sur le front et dans ses cheveux en bataille, ne pouvant croire à ce qui se passait. « Pourquoi ? » demandait-il dans un filet de voix, en direction de l'équipe de la mairie qui se tenait dans l'entrée du Jardin et qui observait la démolition, protégée par des policiers qui semblaient surveiller que Philippe n'aille pas échapper à ses camarades et mordre les officiels.

« Eux aussi, ils tuent les arbres sans rien écouter, a sifflé Bangui, appuyé contre un des murs de l'impasse, l'air fermé.

— C'est sûr qu'ils ne vont pas nous écouter maintenant. Ils ne vont pas s'arrêter », a répondu Elsa, abattue.

Je n'ajoutais rien. Je savais que Bangui ne demandait pas à ce qu'on nous écoute, nous. Lui, il entendait la complainte des arbres meurtris. Leurs cris de douleur le glaçaient. Il aurait voulu que chacun capte le mugissement des cadarbres, du Jardin comme de ceux de Centrafrique, unis dans la douleur du châtiment que les hommes leur font subir.

Est-ce que des esprits jugent les hommes au regard de leurs actes insensés ? A défaut, ce sont les enfants qui doivent considérer sévèrement les agissements des adultes, et ce sont eux qui m'ont fait le plus de peine, les petits du quartier qui se tenaient tous un peu à l'écart, à s'interroger mutuellement pour essayer de comprendre. Pour eux, le Jardin solidaire avait été un havre, un terrain de jeux qui les sortait de la rue et abritait leurs rêves. Ceux que leurs parents n'avaient pas réussi à garder enfermés aujourd'hui et qui avaient pu venir voir l'expulsion étaient désemparés. On détruisait devant eux un parc d'attractions avant qu'ils aient pu monter sur tous les manèges. Ils rôdaient autour de Philippe, espérant peut-être qu'il pourrait arrêter tout ça, ne cessaient de demander « Pourquoi ? » et s'en allaient dans un coin de l'impasse. « Qu'est-ce qu'on va faire maintenant ? Où est-ce qu'on va aller, nous ? »

Bangui s'est rapproché de nous. Il semblait souffrir le martyre à chaque fois que tombait un morceau du kiosque à musique, ou qu'on envoyait à la benne un bout de la scène montée de leurs mains par les occupants, un été. Les démolisseurs finirent par s'attaquer enfin à la Réfo, s'employant à arracher les buissons qui la masquaient, et là il n'y tint plus et nous demanda de partir avec lui, il ne voulait pas voir ça. Nous sommes allés proposer à Philippe de venir avec nous, ça ne servait plus à rien de rester, désormais.

« T'as raison, ils n'ont qu'à finir leur sale boulot dans leur coin. »

On s'est arrêtés dans un bar, trois rues plus loin, où l'on n'entendait plus les pelleteuses. Philippe a descendu une première bière d'un trait et en a commandé une seconde avant de parler :

« Tout ce qu'ils ne contrôlent pas, tout ce qu'ils ne comprennent pas, ils ne savent que le détruire. »

Il paraissait déjà moins abattu. On aurait plutôt dit qu'il comprenait qu'il avait perdu une importante bataille, où les forces étaient irrémédiablement déséquilibrées, et qu'il s'apprêtait à en livrer une plus grande, à prendre sa revanche sur un terrain où, cette fois, il maîtriserait les règles. Le problème, reconnaissait-il, c'est que ceux qui détenaient le moindre pouvoir entendaient jouer seulement avec les leurs propres et que c'était difficile de les emmener sur un autre terrain. C'est ce qu'il avait essayé de faire avec le Jardin, de sortir des normes et des conventions, à commencer par celles de la propriété, une des plus anciennes qui soient, alors que lui la trouvait absurde. Depuis toujours, expliqua-t-il, tout le monde se dispute autour de qui a plus le droit de creuser telle montagne ou d'abattre les arbres de telle forêt. Et on a tracé des parcelles fermées par des barbelés. Il y a des avocats, des juges ou des ministres qui ont trouvé ce moyen pour enlever la terre aux autres et la garder pour eux. Et puisque leur rêve de continents coupés en petits bouts ne tient qu'à condition que tout le monde y croie, ils ne supportent pas que des gens puissent vivre et manger sans un papier qui les y autorise.

Il n'en pouvait plus, de tous ces types qui prétendaient rénover des quartiers sans jamais y mettre les pieds et en faisant table rase de tout ce qui y existait sans y accorder la moindre attention, la moindre reconnaissance.

« Parce qu'on vit dans un quartier pauvre, tout ce qu'on fait n'aurait pas de valeur. »

Dans ma tête, une phrase résonnait et restait accrochée.

« Tout ce qu'ils ne contrôlent pas, tout ce qu'ils ne comprennent pas. »

Cela sonnait comme un rappel de la mort de mon père et un avertissement envers notre mode de vie et notre cabane, perdue dans la montagne, où nul ne pouvait plus vivre, nous expliquait-on. Soudain, une peur m'a pris, peur qu'on ne me laisse pas y retourner, qu'on rase la cabane en mon absence, maintenant qu'il n'y avait plus mon père pour la défendre. Que me laisser y vivre sans autorisation montrerait que leurs documents ne sont que du papier, et que le papier, ça ne sert pas à prouver des choses mais à écrire des histoires.

6

Derniers jours à Paris

On a pris le métro très tôt, pour être là dès l'ouverture. Quand ils ouvrent les grilles du Jardin des plantes, il n'y a que quelques joggeurs qui passent ou des gens qui vont déjà au travail. Les animaux, dans le parc zoologique, derrière les grilles, ne sont pas encore effarouchés par les hommes et on peut les voir en s'asseyant sur les bancs dans la grande allée de derrière. On n'a pas besoin d'entrer dans le parc et de les regarder vraiment comme des animaux en cage.

« Faut que je parte. »

Peut-être que les montagnes me manquent trop. Peut-être que le printemps qui arrive me pousse à reprendre le chemin des champs. Avec nos étés qui filent à toute vitesse, il ne faut pas tarder à relancer les cultures. Se mettre à l'œuvre dès que le soleil chauffe suffisamment pour percer les dernières neiges. Je ne suis pas sûr de vouloir recommencer tout ça, mais j'ai besoin d'entendre la montagne me le confirmer. Je vais retourner sur place pour sentir si l'envie de continuer est bien présente ou pas.

Elsa ne répond pas tout de suite. Depuis sa cage, la chouette harfang emprisonnée nous lance des regards courroucés.

« Je dois aller voir la cabane. Faut que je parte. »

Peut-être que je me sens comme la chouette harfang. Peut-être que je veux voir si mon père est toujours à la cabane, à regarder sa soupe froide sans jamais plus y toucher. J'espère qu'il deviendra plutôt une sorte de fantôme qui passera me visiter dans les alpages, tout en haut, où l'on est vite saoulé d'air et de vent. Il faut que je vérifie. Et que je lui montre que j'ai exploré son ancien territoire et ai reconnu les traces laissées par lui sur les gens. Je dois lui murmurer, comme on parle en pensée à un ami absent, que j'ai réussi à les lire, et à mieux comprendre qui il a été. Comme la piste d'un bel animal, je l'ai suivi un temps, et j'en ai une nouvelle à prendre aujourd'hui. Reste à vérifier si elle mène à notre cabane ou en part.

« OK.

— C'est pas que je veux plus être avec toi. Au contraire. Mais je dois y aller. Vérifier. »

Elsa me regarde d'un air sérieux, ses yeux plantés dans les miens, et lâche avec aplomb :

« Si tu te barres, je m'en vais avec toi.

— Qu'est-ce que tu racontes ? Tu quitterais Paris ? Tes potes, ton travail, tout ça, tu laisserais tomber pour venir avec moi ?

— Ben oui. Il y a un moment que j'y pense, figure-toi.

— Attends, tu sais un peu comment c'est là-bas, je t'ai dit que c'est pas si facile que ça.

— Oui je sais, mais c'est justement pour ça que j'ai envie de voir…

— Tu sais, il n'y a pas beaucoup de confort… »

Elle ne répond pas.

« … pas beaucoup de place non plus. »

Elle a posé la main sur ma jambe, sans un mot. Je sens qu'elle tremble, mais je ne peux pas m'empêcher de poursuivre. Mon cœur tape dans ma poitrine. J'ai envie qu'elle vienne, je l'espère, n'osant lui demander, mais j'ai peur que ça ne marche pas, que tout ça ne soit que des paroles en l'air.

« Et puis, les travaux aux champs, c'est amusant au début, mais si on doit y retourner tous les jours…

— Martin, arrête, j'ai compris. Je le sais, tout ça. On en a déjà parlé. Mais je veux le découvrir, c'est tout. Si c'est pas avec toi, je le ferai de toute façon. Mais si on part ensemble, ça sera plus facile. »

Je l'écoute sans être sûr de bien comprendre tout ce qu'elle met dans ces mots, ni ce que cela implique. Mais ça signifie que je ne vais pas rentrer seul. Elle continue à m'expliquer toutes ces bonnes raisons qui la rendent sûre d'elle, et finit par me demander :

« T'es d'accord, Martin ? »

Je ne fais qu'un discret signe de tête pour lui dire « oui ».

On n'a pas choisi de date, on n'a pas réfléchi à quoi emporter. On sait seulement que ça ne tardera pas, qu'il y a ça dans un coin de nos têtes, une idée sauvage en train de germer, de prendre de l'élan, de grandir à l'abri, qui nous nourrit et que nous nourrissons en retour. Grâce à elle, lors de nos promenades dans les rues de la ville, nous avons une force qui n'est qu'à nous et nous parle de l'ailleurs, nous donne envie de marcher plus vite comme pour la rejoindre, l'attraper, cette idée folle et ingouvernable. On va partir.

A mesure qu'arrive la fin de l'hiver, nous sentons le départ plus proche. Nous établissons des plans sur ce qu'on veut faire une fois installés.

« On accueillera ceux qui veulent arpenter d'autres chemins », s'enthousiasme Elsa.

J'opine.

« On ira voir ailleurs, nous aussi, et on essaiera de s'organiser pour pouvoir partir. »

Avec mon père, on arrivait à vivre en gardant un peu de temps pour nous, en se débrouillant bien on pourrait confier nos bêtes à des amis, ne plus vivre repliés dans la cabane. Aider et être aidés, on ne l'avait pas assez fait avec mon père, pourtant ça pourrait tout changer, promettait Elsa. J'espérais qu'elle ne se trompait pas.

« On fera pousser des chardons, aussi », ajouté-je.

Peu le savent, mais à l'intérieur de leurs fleurs piquantes de mauvaise herbe il y a un cœur comestible, très doux et très fin.

III

1

Retrouver la montagne

Je suis parti de Paris au milieu du printemps. Il n'y avait déjà presque plus de neige. Très peu en était tombé cet hiver, à ce qu'on m'avait dit, et un redoux l'avait fait fondre. Les gelées nocturnes ne suffisaient plus à garder aux pentes leur blancheur visible à cette période. Souvent, la journée, le soleil brillait assez pour qu'on laisse vestes et bonnets à la maison. En revanche, le vent a soufflé pendant plusieurs jours sans discontinuer. Lorsqu'on l'entend au réveil qui s'engouffre dans la cheminée et qui s'écrase contre les murs de la maison, cherchant des fissures pour entrer, voulant tout mettre à bas, on sait que la journée va être particulière. Pour tout le monde, hommes et bêtes réunis. Il lance des rafales rageuses qui secouent les branches des arbres en dessous de la cabane et on entend leurs plaintes qui remontent comme un grondement. Parfois, on dirait la mer. De l'intérieur de la maison, on ressent l'air qui vient se jeter avec furie contre les murs et on craint parfois qu'il les fasse tomber, qu'il s'engouffre sous le toit et qu'il emporte tout, hommes et meubles, livres et outils.

Mais il faut bien sortir et le paysage n'est plus le même. Tout est encore en place et ce ne sont pas les quelques branches arrachées qui font qu'on ne reconnaît pas tout. C'est que le vent donne une vision neuve du paysage, il empêche de le regarder complètement en face, il lui ajoute une horizontalité qu'il n'avait pas auparavant. Il ôte la fine couche de protection dont tout se pare en temps normal, il met les êtres et les choses à nu, des cailloux aux humains. Les oiseaux filent, portés par les vagues invisibles, peut-être justement pour rattraper la part d'eux que le vent emporte au loin. Pour nous qui sommes statiques, il est trop tard, elle part sans qu'on puisse rien retenir. On n'a qu'à espérer qu'au moins les oiseaux sauront nous éviter si le vent venait à les envoyer dans notre direction. Cette part de nous qui s'en va, et qui est arrachée à tous les éléments du décor, ressemble à l'érosion du temps, mais elle va bien plus vite et c'est pourquoi, les soirs de grand vent, nous sommes plus fatigués.

Le retour des beaux jours m'a permis de me lancer dans les travaux auxquels on a pensé, avec Elsa. Les idées neuves viennent lorsque l'on s'éloigne de chez soi. J'ai décidé d'agrandir la maison avec l'argent que m'a laissé mon père, pas beaucoup, mais puisque je n'en ai jamais eu, cela me semble énorme. A côté du carré d'habitation, je vais ajouter un petit bâtiment que j'aménagerai ensuite. J'ai acheté du bois scié en différentes tailles, des épais bastaings pour élever la structure, des poutres pour la charpente et des madriers pour solidariser le tout. Des gens qui connaissaient mon père vont m'aider à lever les poteaux. Il y en a deux qui étaient parmi les bergers qui venaient parfois à la veillée chez nous, boire un peu de gnôle. Dans ces journées que l'on passe à ajuster montants et entretoises, ils me parlent des villes d'où ils viennent et qui me semblent aujourd'hui moins lointaines. Ils restent ici, auprès des bêtes, toute la bonne saison, mais en hiver ils vivent là-bas et changent de métier, deviennent quelques mois serveurs ou ouvriers en usine. Je les comprends mieux, désormais. Je sais qu'on peut partager deux horizons en une seule vie.

Un paysan de la vallée qui a une grande ferme mais élève aussi des ânes dont il s'occupe pour le plaisir nous les a prêtés pour monter une partie des matériaux. Il vient parfois sur le chantier, les jours où sa ferme lui en laisse le loisir. Il dit qu'ici, en altitude, il peut regarder la journée s'écouler sans avoir l'impression de se la faire voler comme quand il est au travail. J'aime bien l'écouter parler de son troupeau et de ses champs. Sa manière de mener son exploitation ne ressemble absolument pas à celle de mon père, mais il montre le même amour de la campagne, des champs et donc, puisque je pense que c'est lié, des hommes. Bien qu'aucun d'entre eux ne soit prêt à l'avouer et qu'on se croie plus entendu en protestant qu'en souriant aux gens. Surtout, ses mains ressemblent par leur force, et leur précision dans chaque geste, à celles de mon père. Le monde n'est pas aussi partagé qu'il me le disait parfois et les façons de vivre de chacun peuvent se croiser dans des moments de partage.

J'ai revu Marie-Louise. Elle m'a demandé comment s'est passé mon séjour à Paris. Je ne lui ai pas dit pour Elsa, mais je crois qu'elle se doute de quelque chose.

« On dirait que t'as grandi d'un coup, toi », elle me dit en souriant.

Elle me dit aussi que les gendarmes ont repris leurs recherches après Manet il y a une dizaine de jours. C'est à cause d'un de ses oncles.

Vers la fin de l'hiver, l'aîné, Denis, est tombé malade. Il a été emmené à l'hôpital. Ça faisait des mois qu'il boitait avec le bas du dos tout coincé. Pour monter sur son vieux tracteur, il mettait dix minutes et devait l'arrêter à côté du muret devant chez lui pour pouvoir en descendre sans trop d'effort. Le marchepied était trop haut pour lui.

Les médecins ont vite compris qu'une tumeur lui pinçait un nerf et s'attaquait à la moelle épinière. A son âge, ça n'était pas la peine d'entreprendre un traitement douloureux et incertain. Ils ont fini par le renvoyer chez lui avec une ordonnance pleine d'antidouleurs. C'était la première fois qu'il dormait ailleurs. Et la première fois aussi, pour son cadet, qu'il restait seul à la ferme.

Au deuxième jour d'absence de son frère, en début de soirée, il est parti vers le village. A pied, car Denis ne le laissait pas conduire leur vieille 205 rouge et il avait beau se retrouver seul il n'osait pas aller à ce point contre les décisions de son frère.

Jamais on ne l'avait vu au bar, jamais on ne l'avait vu boire en public. D'ordinaire, son frère et lui s'arrêtaient sur le seuil et restaient perchés sur leur tracteur. Lui se tenait muet, acquiesçait seulement aux remarques de son frère sur la chaleur qui ne venait pas et que ça perturbait les bêtes, pas vrai ? Et que les poules n'avaient pas recommencé à pondre bien qu'on soit déjà en avril. Mais depuis la mort de mon père on n'avait plus vu le tracteur s'arrêter au village.

Lorsque Daniel est entré dans le bistrot, tout le monde s'est tu. Il a salué et demandé un ballon de rouge. D'habitude, à l'instant où un nouveau client entre au bar, tout le monde finit son verre d'un trait pour que le dernier arrivé paie sa tournée. On se croirait au saloon. Mais cette fois personne n'avait osé. Nul ne savait comment le prendre, cet oncle muet de Bernard Manet. Bernard l'assassin. En fait, lui il n'avait rien à voir avec tout ça, mais tous les habitants du village pensaient qu'il devait savoir où son neveu se cachait, peut-être même qu'il venait chez eux se réfugier ou se ravitailler. Mais pas un dans le bar n'osait lui demander. Daniel devenait comme un étranger dans cet endroit, c'est-à-dire comme un intrus. Dans ces moments, c'est à la patronne du bistrot d'entamer la conversation pour évaluer les intentions du nouveau venu. C'est elle, la diplomate.

Elle lui a demandé des nouvelles de la santé de son frère. C'était facile, comme question. Faut toujours montrer qu'on connaît les clients et qu'on leur prête attention. D'abord les laisser parler, eux, avant de leur demander ce qu'on veut vraiment savoir. Quand on va se plaindre auprès du maire, c'est pareil : faut d'abord le laisser parler de tout ce qui va bien et de toute l'énergie qu'il donne pour la commune, avant de lui dire que le barrage pour lequel il a signé les papiers de l'EDF, on n'est pas d'accord, ou que non, il ne doit pas goudronner tel chemin qui passe par un bois qu'on voudrait garder préservé.

Mais cette fois, ça n'a pas marché. Le Daniel, devant la question de la patronne, il a d'abord haussé les épaules en signe d'impuissance, ou d'indifférence. Personne n'était d'accord sur ce point, certains affirmant plus tard que c'était du désespoir, d'autres de la satisfaction, quand il a parlé de son frère malade que les médecins ne voulaient pas opérer de peur de l'achever.

Ce sur quoi tous s'accordèrent ensuite, c'est qu'il n'en avait pas dit grand-chose au moment de prendre un deuxième ballon. Un nouveau verre, en général, ça signifiait qu'il fallait changer de sujet de conversation. Boire des coups c'est important, mais on finit toujours ce qu'on a à dire avant d'en commander un nouveau. Les habitués du bistrot étaient d'ailleurs passés maîtres dans l'art de mettre en adéquation la durée de leur propos avec la vitesse à laquelle ils descendaient leur rouge limé.

La patronne se sentait décontenancée. Ce n'est pas souvent que des nouveaux venaient, pas souvent non plus qu'elle devait les relancer sans que les clients prennent le relais pour les cuisiner. Mais cette fois, comme aucun d'entre eux ne demandait un verre, elle comprit qu'ils n'avaient pas le cran de prendre la parole. Ils laissaient le Daniel boire seul, et ça aussi ça la perturbait. Ce n'était pas dans leurs habitudes.

Alors, elle lui a demandé comment allaient ses bêtes. Encore une question facile, nul n'ignorait que les Manet ne possédaient qu'un tout petit troupeau de vieilles carnes, qu'ils n'envoyaient à la réforme qu'en dernier recours, à l'âge où l'animal n'était vraiment plus capable de vêler et de donner du lait. Visiblement, ça l'intéressait plus, comme sujet de conversation, et il s'est mis à disserter sur l'état de ses bêtes, qui peinaient à sortir de l'hiver, et des prés autour, qui n'aidaient pas car ils étaient gorgés d'eau. « En dessous de la combe du Pertuis, à cette saison, y a un ruisseau qui se forme, et il faut le traverser pour arriver au pré. Eh bien j'en ai une, de vache, qui veut pas y aller. Ça fait pourtant bien des années qu'on y passe ensemble, dans ce chemin, mais cette fois, c'est comme si elle supportait pas la flotte ou qu'elle y sentait une odeur pas correcte, et elle fait toute une histoire pour accepter de traverser. Pourtant, je lui ai bien dit qu'il y avait rien de spécial dans c'te ruisseau, mais, je sais pas, elle continue à renâcler. »

Déjà, certains clients commençaient à se détourner et à retourner à leurs conversations habituelles. Dans leur famille, pour ceux qui étaient du coin, le métier de paysan s'était perdu une ou deux générations auparavant, et les histoires de vaches apeurées leur semblaient désuètes. Eux ne voyaient des animaux que ce qu'il en restait, une fois le travail fini, en supermarché. Des briques de lait ou des morceaux de viande. Qu'un agriculteur parle des sentiments de ses bêtes, ou en éprouve pour elles, ça leur semblait une nostalgie mal placée et dérangeante. Ils ne voulaient pas en entendre plus.

Les autres continuaient à écouter. Ils ne comprenaient pas comment ça se faisait qu'il vienne et qu'il refuse de leur parler du sujet qui les intéressait tous. Son neveu planqué on ne savait où. Eux, quand ils avaient une histoire comme ça à raconter, ils ne se faisaient pas prier, au contraire. Ils se laissaient payer un canon, et ils passaient à table.

Seulement, le frère Manet, lui, il n'était pas venu pour ça. Il pensait découvrir un endroit qui jusque-là lui avait été interdit, il imaginait s'en jeter quelques-uns en écoutant les histoires des autres, voir si elles étaient si différentes des siennes.

A son quatrième ou cinquième verre, plus éméché que les autres clients faute d'habitude, la patronne refusa de le servir. Elle sentait que la situation pouvait dégénérer s'il continuait à boire et qu'un des clients décidait de le presser vraiment de questions. Ça l'agaçait de mener cette conversation pour tous ces gars qui attendaient une révélation ou des détails pour rassasier leur curiosité.

Elle lui a refusé la bouteille et lui a dit :

« Vaut mieux que tu rentres chez toi. Après, ça va faire trop. »

Le Daniel a d'abord eu l'air étonné. Il a froncé les sourcils, comme s'il découvrait un de ses champs ravagé par un sanglier. Mais, sur le comptoir, sa main qui l'aidait à se tenir droit ne s'est pas transformée en poing comme fait parfois celle des clients renvoyés chez eux. Elle a plutôt cherché un nouvel équilibre, aidant l'homme à qui elle appartenait à se redresser, à vérifier la place de sa casquette sur sa tête et que sa veste de travail bleue, crasseuse comme celle d'un mécanicien, était bien tirée sur son ventre.

Le sourire effacé par le refus de la patronne, il l'a saluée en posant un billet sur le comptoir et est parti vers la porte. Avant de la refermer sur lui, il s'est retourné vers la salle et a regardé les clients attablés, dont certains contenaient mal leur rictus moqueur.

« Vous voulez savoir où il est, le Bernard, mais vous osez pas le demander. Personne ose le demander, parce qu'il vous fiche à tous la trouille, le Bernard. Il vous la fichait déjà avant, et maintenant qu'il a tiré sur Tournier, il vous fait encore plus peur. Mais moi, je vais vous le dire où il est, et je sais que vous irez pas. Le Bernard, il est venu chez nous pour de la nourriture cet hiver. Si y en avait dans ce village qui avaient pas peur de la forêt et puis des montagnes, en hiver, avec la neige, vous les auriez vues, ses empreintes. Mais vous osez pas sortir de vos belles maisons bien chauffées. Sûr que chez nous c'est pas aussi joli, mais on est pas des bêtes non plus, comme vous croyez. Alors, on lui a donné, au Bernard. Mais pas tout l'hiver, parce qu'il a arrêté de passer. Et vous savez pourquoi ? Il est devenu un animal. Il veut plus retourner parmi nous et c'est sûr que plus tard, quand les gendarmes vont le choper, il sera moins un homme. Un loup, voilà ce qu'il est devenu, le Bernard. Vous le saviez avant, mais maintenant vous pourrez plus faire comme si vous le voyiez pas. »

2

Les traces de Manet

Les hélicoptères tournent au-dessus de la montagne. Quelqu'un est allé rapporter aux gendarmes les déclarations du plus jeune des Manet. Même s'il avait bu, ils les ont prises au sérieux et survolent à nouveau le massif.

Moi, je sais que ce n'est pas comme ça qu'ils vont y arriver. La montagne, elle veut que ça se fasse à l'ancienne, pas de manière aussi facile. Il faut y aller à pied, suivre les mêmes pistes que lui, passer les cols difficiles qu'il a pris. Vivre les mêmes difficultés. Sinon on ne mérite pas de le débusquer. Depuis le début, je sais que c'est une épreuve que me demande la montagne, et je ne peux pas m'y soustraire. Sinon, je ne mériterais pas de rester habiter auprès d'elle.

Alors, je suis parti vers les cimes où il y a encore un peu de neige. Chez moi, le nouveau bâtiment avance bien et j'ai déserté les travaux pour quelques jours. Patrick, un des bergers, s'est investi de la mission de chef de chantier et commence à établir des plans sur ce que va devenir ce lieu, sur ceux qu'on y accueillera. Avec lui, l'alchimie fonctionne déjà et il parle de ne pas retourner à l'usine, de rester ici jusqu'à l'heure de l'estive. Nous n'avons eu qu'à en discuter cinq minutes pour conclure l'affaire, prêts à découvrir où cela nous mènera. Je crois aussi qu'il s'entend bien avec Marie-Louise, et qu'il veut rester un peu dans les parages pour continuer à la voir passer apporter le repas à midi.

J'ai pris le chemin qui part du hameau de la Mado et qui va plus loin dans le massif. Il monte d'abord tout droit vers un petit col, puis il longe la crête qui surplombe les maisons, et on a le choix de s'en retourner vers la civilisation, en direction d'un village un peu plus bas que le nôtre dans la vallée, ou au contraire de s'enfoncer dans la montagne. Loup ou ours, c'est là qu'il se sera réfugié si la grange et les réserves de ses oncles lui ont été fermées, comme a dit Daniel, au bar. Il n'attendait plus rien des hommes et sera parti en quête d'une tanière où attendre que le printemps lui ouvre les cols du pays voisin.

Du haut de la première crête, on embrasse le paysage sur des kilomètres au loin. Un chemin de randonnée passe le long de la pente, mais il est peu pratiqué en ce début de saison, car les nuits sont glaciales. Les pics sont encore couverts de neige et certains ne dégèleront pas de l'année. Mais à peine plus bas, les torrents ont repris leur cours tumultueux et les flancs des montagnes sont parés du vert vif des herbes gorgées d'eau par la fonte des neiges. Je vais devoir descendre jusqu'à eux. Le seul endroit où l'on doit pouvoir survivre en hiver dans le massif, si tant est que cela soit possible, c'est au fond d'une combe, entre deux flancs qui vous protégeront un peu du vent et des congères. L'idéal serait de trouver une cavité ou une souche déracinée pour se cacher du froid et s'y arranger un abri. Avec une bâche pour refermer l'entrée et de quoi faire monter un peu la température intérieure, alors on a une chance.

Le froid et le vent sont des démons qui fouillent la montagne à la poursuite d'êtres à paralyser. Ils courent au-dessus des sommets, assez puissants pour vous renverser un homme. Une fois leurs forces épuisées, ils partent tourbillonner dans les cirques, remuant chaque buisson à le déraciner, soulevant la neige, à nouveau en blizzard, pour aveugler celui qui se serait attardé, puis, rengorgés, ils s'envolent vers la vallée suivante. Lorsqu'ils croisent un arbre isolé sur une crête, ils appuient sur lui de tout leur poids et leur fureur pour lui faire plier la tête. En hiver, les monts sont à eux et ils veulent que chacun le sache, même s'il venait à passer là dans la chaleur réconfortante de l'été. Les arbres en sont les témoins aux bras suppliants.

Le long de la pente, en descendant vers le bruit du torrent, j'ai croisé plusieurs de ces rescapés, punis d'avoir voulu rester seuls. Si beaux, malgré leur souffrance et leur silhouette tordue. Plus bas, un bosquet cachant le cours d'eau avait protégé ses membres qui réussissaient, eux, à s'élever droit vers le ciel. Pour se préserver du vent, ils s'étaient serrés les uns contre les autres, comme les maisons du hameau de la Mado. Aujourd'hui, chacun veut se tenir seul sur son petit coin de terre, mais que ferons-nous si le vent venait à souffler plus fort ? Il nous faudrait nous rapprocher à nouveau et nous accrocher aux autres pour tenir. L'avenir turbulent est aux bosquets.

Sous la futaie, tellement serrée qu'elle ne laissait passer que peu de lumière, aucune herbe ne poussait. Seule la mousse s'accrochait aux rochers comme si elle pouvait se nourrir d'eux et donnait une touche de vert à un sol recouvert d'épines sèches, brunes, tombées des sapins. C'est à cet endroit que j'ai repéré des empreintes de bottes.

Se glisser dans une forêt telle que celle-ci, si réduite soit-elle mais jamais visitée par les hommes, c'est sortir du monde, entrer dans un sanctuaire. Partout, la marque des humains s'est étendue et il ne reste que peu de vallées, peu de forêts, où l'on n'aperçoive pas un poteau électrique, une route, où l'on ne voie pas des souches coupées par des tronçonneuses, quand ce n'est pas tout le massif qui a été planté d'essences sélectionnées à dessein. Ici, les arbres ont poussé comme eux seuls l'entendaient, uniquement contraints par le vent. Ils se tiennent proches, car ils aiment se sentir, se toucher et se soutenir. Ils poussent plus doucement ainsi, mais ils sont plus résistants face à la burle, ce vent du nord qui sculpte la neige en hautes congères. On n'entre pas dans un bosquet tel que celui-ci, on s'y faufile. Et il faut plusieurs minutes pour que les yeux s'habituent à la faible lumière qu'il y a à l'orée. Plus à l'intérieur, les troncs s'écartent un peu parce qu'ils savent que le vent ne peut pas entrer, ou si légèrement qu'il n'est plus qu'une brise fraîche, un courant qui renouvelle l'air. Un peu de lumière entre par les futaies et on sent l'odeur douceâtre de la matière en décomposition, de ces tonnes d'aiguilles ou de branches cassées, parfois de troncs ou de frêles rongeurs enfouis, morts, et qui se désagrègent lentement pour former un sol d'un noir profond.

Sur ce sol qui met des décennies à se former, on voyait que ça avait été remué. Au début, je n'ai pas vu d'empreintes de pas, mais toute une surface mise à nu, noire et luisante, comme si on avait tourné en rond en traînant des pieds et en ôtant grossièrement le tapis d'épines qui protégeait l'humus. Les sangliers font souvent ça dans les forêts de feuillus, pour débusquer des glands ou des faînes de hêtres. Parfois, ils creusent plus profond pour sentir la fraîcheur et s'enduisent de terre pour se protéger des insectes. Mais dans cette vallée, il n'y a pas de sangliers ou d'animaux qui remueraient la terre comme ça. Et puis, ils laissent d'ordinaire des traces moins profondes. J'ai regardé plus précisément, et dans la terre dénudée j'ai repéré des formes géométriques, une série de lignes formant un « V ». Ça se répétait à plusieurs endroits. C'étaient les empreintes de bottes qui tournaient en rond dans le bosquet.

Je regardais par-dessus mon épaule, effrayé à l'idée de voir Manet apparaître dans le sous-bois. Je me sentais soudain désorienté par tous ces arbres droits les uns contre les autres, voulant me garder captif. Le bruit du torrent tout proche et qui recouvrait tout ajoutait à cette impression. Derrière ce vacarme, quelqu'un aurait pu s'approcher sans se faire entendre. Je m'adossai contre un arbre, ne cessant de fixer le sol où j'avais vu les pas tandis que les battements de mon cœur s'accéléraient.

Mais personne ne vint. J'étais seul dans le bosquet et dans toute la vallée. Plus haut, à un endroit où les flancs des montagnes se rejoignaient en falaises à pic, je trouvai les restes d'un campement sommaire sous un renfoncement de la paroi et dissimulé par des rochers. Un large tas de cendre montrait qu'on avait allumé de grands feux, avec tout juste la place pour se positionner entre eux et la falaise. Des branchages, fixés à de longs bouts de bois, faisaient une porte primitive qui pouvait garder le vent dehors et un peu de chaleur à l'intérieur. Je n'aurais pas voulu avoir à me réfugier dans ce réduit une nuit où le vent prétendait entrer, fou de rage qu'on vienne s'installer sur son territoire. On devait sentir toute la fragilité des protections que nous érigeons contre la nature, de plus en plus grandes et évoluées, mais jamais totalement fiables et auxquelles la nature répond par de plus en plus de sauvagerie.

Je ne sais pas s'il était inconscient du danger ou au contraire habitué à ce milieu hostile, mais Manet m'impressionnait d'avoir établi ce campement. Un visiteur moins expérimenté que lui aurait probablement tenté le passage vers le pays voisin et risqué la mort en essayant de franchir les cols enneigés. Lui semblait avoir attendu, en économisant les forces et la chaleur qui lui restaient jusqu'à ce que les conditions s'améliorent. Les saignées dans le bois étaient celles qu'il avait faites en venant poser des pièges, en braconnier qu'il avait toujours été. Sous une souche non loin de l'endroit au sol remué, je découvris deux collets.

Ce que ne révélaient pas ces restes de bivouac, c'était par où celui qui les avait laissés était parti, ce qu'il avait décidé. Ni, en fin de compte, s'il avait survécu et n'était pas allé mourir dans une vallée voisine, ou simplement dans le torrent un peu plus bas.

3

Poursuite dans la nuit

J'ai revu mon père cette nuit dans le lit en face du mien. Je me réveillais d'un rêve agité où je courais dans la montagne, poursuivi par une ombre. Perdu dans la nuit, je finissais par tomber d'une falaise. Puis, croyant me réveiller, je restais prisonnier de mon songe et me retrouvais en haut de cette falaise, ayant échangé mon rôle avec celui qui me pourchassait, et je regardais ma proie s'abîmer en contrebas. Une fois le corps écrasé, je me rendais compte que j'étais à la fois le poursuivant et le poursuivi.

J'ai ouvert les yeux en sursaut, et j'ai vu mon père, dans la pénombre, qui lisait, calme, sans faire attention à moi. Je ne sais pas comment il pouvait bien lire, car seules les faibles lueurs lancées par le poêle sur les murs de notre chambre nous éclairaient. Elles dansaient une folle tarentelle derrière lui. Ombres animées plus qu'une vraie lumière.

Je l'ai surpris à me jeter un regard amusé, puis il est retourné à son livre. Je ne disais pas un mot et retenais mon souffle. C'était la première fois qu'il revenait depuis mon départ en ville. J'ignore combien dura notre face-à-face muet, mais je n'osai respirer jusqu'à ce qu'il fasse un geste.

Soudain, il a posé son livre et s'est levé. Il est sorti sans un mot. Peut-être qu'il ne pouvait pas parler. Il avait l'allure déterminée mais fataliste des jours où il allait à l'étable, chercher une de nos vaches vendue à un maquignon. J'ai poussé la couverture et me suis levé en jetant un gilet sur mes épaules. En arrivant à la porte de la chambre, j'ai vu sa silhouette qui se dessinait dans l'encadrement. Forme immobile et sombre contre la nuit éclairée par la lune. Il m'attendait sur le seuil et ne plongea dans la nuit que lorsque j'eus fait mes premiers pas vers lui.

Ça n'était pas comme cette première fois où il était parti seul dans la forêt, où son apparition avait été une mise en garde et m'avait ouvert les yeux sur une réalité que je ne connaissais pas. Cette fois, j'étais averti, je savais que si l'on écoute et observe de la bonne manière on peut voir ce que les autres n'acceptent pas de croire. Il y a des vérités qu'on ne peut pas exprimer, comme celles qui m'ont fait passer pour fou à Paris. Même face à ceux qui me semblaient proches. Ne serait-ce que raconter qu'en vivant ici, loin des lumières des villes, on apprend à voir dans le noir fait sourire ceux qui habitent où l'obscurité n'existe pas. Moi-même, je finissais par douter de ces idées dont j'étais pourtant sûr, tant l'air de la ville nous en donne de nouvelles, comme de nouvelles manières d'être au monde. Mes certitudes étaient revenues avec le vent de la montagne. Aussi cette apparition n'était-elle qu'une demi-surprise. Cette fois, il ne venait pas me révéler son existence, il venait me demander de le suivre.

Je l'ai regardé traverser notre jardin comme s'il l'inspectait, puis bifurquer vers la forêt. Il ne se pressait pas et je le suivais de loin. La lumière de la lune éclairait nos champs d'un halo qui changeait la couleur de l'herbe et des pierres, aplanissait les reliefs cabossés des friches autour. Je me suis un peu rapproché lorsqu'il a passé l'orée du bois, craignant de le perdre. Mais la lune me permettait d'apercevoir la découpe noire qu'il projetait sur le chemin clair des feuilles au sol.

Il ne faisait aucun bruit en avançant, tandis que j'entendais dans mon cœur un grondement d'orage. Le froissement des feuilles mortes sous mes pieds faisait un vacarme du diable. Une chouette effraie est passée au-dessus du chemin, tellement blanche malgré l'obscurité, à deux mètres à peine de moi. Si proche que j'ai senti l'air remué par ses ailes duveteuses. Elle était absolument silencieuse. Je crus apercevoir la proie qu'elle portait dans ses serres. Elle s'est posée sur une branche surplombant le chemin sans se soucier de nous. Peut-être n'étions-nous pas présents autrement qu'en rêve. Je m'étais arrêté, fasciné, pour contempler l'animal qui commençait à dévorer sa prise. La chouette fouillait les entrailles de sa victime pour y lire des augures menaçants, mais je ne pouvais attendre qu'elle me révèle son oracle, car mon père continuait à avancer.

Les chemins forestiers, la nuit, marquent une limite entre l'univers des vivants et celui des morts. Mon père s'y tenait comme un équilibriste. Sous nos pieds se déroulait la ligne de vie de nos existences campagnardes, le dernier signe que nous n'étions pas encore complètement partis et que nous continuions à vivre ici, à arpenter les sentiers et à les faire exister en empêchant les arbres de les recouvrir. Les troncs, que l'on peine à distinguer dans la lumière blafarde, forment une barrière et les animaux nocturnes se meuvent derrière elle sans avoir peur d'être aperçus par nous. On peut entendre leurs pas précipités d'un côté ou de l'autre du chemin sans jamais violer leurs vies secrètes. On peut même en entendre passer tout près de nous, et traverser la piste sans les apercevoir, comme si leur existence habitait une autre réalité et que seuls nous en parvenaient des échos fuyants.

Soudain, mon père est sorti du chemin pour s'enfoncer sous le couvert forestier. Il a accéléré son rythme et j'ai dû me presser pour rester à son niveau. Les branches basses griffaient mes vêtements trop légers et mes joues, s'agrippaient dans mes cheveux. Elles ne touchaient pas mon père, mais désiraient me retenir d'une étreinte froide et je baissais le front pour ne pas les voir grimacer.

Des yeux observaient notre course. Les bêtes de la nuit ne fuyaient pas. Elles savaient que nous ne venions pas leur donner la chasse et cessaient leur activité pour nous regarder, comme habituées au passage des esprits. Le bois ne m'avait jamais paru aussi habité. J'avais l'impression d'assister à une cérémonie nocturne à laquelle je n'aurais pas été convié et dont les participants cessaient leurs sombres sacrifices jusqu'à ce que nous nous éloignions. Des yeux hallucinés, jaunes sur les masses sombres des fourrures, nous scrutaient. Des crocs d'ivoire serraient des proies touffues. Les bêtes étaient intriguées de nous voir passer et venaient nous observer. J'avais l'impression que certaines nous suivaient de loin, mais ne pris pas le temps de me retourner pour vérifier, par peur que mon père ne m'échappe.

Je commençais à m'inquiéter de la durée de notre marche lorsque la lisière du sous-bois vint se dessiner devant nous. J'ai compris où m'emmenait mon père. Nous allions arriver en haut d'une falaise qui se jette dans la vallée en direction de la combe du Pertuis, non loin de la maison des oncles Manet.

Lorsque je suis sorti du bois, un instant seulement après mon père, celui-ci avait disparu. La lune m'éblouissait tant elle était ronde et lumineuse cette nuit, haute et pleine à tirer la sève des arbres.

Je connaissais un peu l'endroit. Suffisamment pour savoir l'à-pic dangereux car mal délimité et qu'on aurait tôt fait, par imprudence, de se retrouver précipité une trentaine de mètres en contrebas. Ce n'était qu'une petite faille dans la roche. Minuscule en comparaison des grandes voies qui s'ouvraient plus haut, à flanc de montagne. Elle avait été creusée à une époque géologique où le torrent des Sagnes passait en dessous, avant de se retirer un peu plus loin, dans son lit actuel. Mais elle aurait amplement suffi à tuer un homme.

Sans douter désormais de ce que j'allais y découvrir, je m'avançai vers le bord de la chute et, à plat ventre pour ne pas perdre l'équilibre, jetai un œil en contrebas. Un corps reposait là. A mi-pente sur un renfoncement. Manet. Probablement invisible depuis le pied des rochers, enveloppé dans plusieurs épaisseurs de vêtements ou de couvertures.

Reculant, le souffle court, je me tournai vers la lune et son œil goguenard.

Sur la falaise, c'est bien le corps de Manet. Décharné, hirsute. La nuque brisée par la chute. Sur mes indications, les gendarmes ont envoyé un grimpeur.

Au matin, en allant les prévenir, j'avais trouvé des traces de pas autour de la ferme. Elles partaient en direction de la forêt, vers le lieu où m'avait guidé mon père, mais qui n'avait gardé aucune marque de notre poursuite nocturne. Manet m'avait-il repéré dans le massif et suivi, ou passait-il par hasard, voulait-il rejoindre le chemin de la ferme de ses oncles et était-il tombé par accident ? Sûrement le jeûne et le froid l'avaient-ils rendu plus fou qu'il ne l'était. Il était déjà rompu avant sa chute mortelle.

Aux gendarmes, je n'ai pas révélé être allé à la recherche de son repaire quelques jours auparavant. Ça aurait tout compliqué. Et puis, comment leur expliquer que Manet, il était déjà mort ? Qu'il avait déjà perdu l'esprit, et sombré ? Le vent, le froid et l'ivresse des hauteurs, des vallées où la Terre ne parle qu'aux animaux, l'avaient rejeté, mis à l'écart de nous, l'avaient dépouillé de ce qu'il lui restait d'humanité. Les pas devant ma maison tournaient comme ceux d'un loup qui cherche une entrée, renifle les restes du repas mis au compost, se tient en arrêt devant une fenêtre pour capter les bruits de l'intérieur et essayer de comprendre qui est là. Ce n'étaient pas les traces d'un homme, fût-il aux abois.

Patrick et Marie-Louise sont remontés avec moi. Passé les explications sur la découverte du corps, aucun de nous n'a dit un mot durant toute la montée. Nous nous sommes plantés devant la nouvelle construction qui prenait forme grâce à eux. Marie-Louise m'a pris la main sans un mot, puis Patrick a mis la sienne sur mon épaule. Nos corps disaient le soulagement d'arriver à la fin des recherches, et de pouvoir effacer les craintes et les doutes.

4

Allumer un feu

Il y a une force en moi, une confiance qui me fait avancer. Je sais qu'il y a une mère quelque part qui m'attend, qui répondra si j'appelle. Un père, présent aussi, d'une autre façon. Je sais que les chemins sont une multitude que l'on peut arpenter selon son propre choix. Je sais que la vie est un arbre sauvage, qu'elle pousse à sa propre manière si on n'essaie pas de la tailler et qu'à chaque fois le résultat est beau.

En restant à Paris tout l'hiver, j'ai compris que je n'avais plus besoin de mon père ou de son fantôme, que je pouvais penser à lui sans qu'il s'impose à moi avec toutes ses blessures, celle dans son dos une fois mort et celles qu'il avait à l'intérieur. Avant.

Je garderai certains des jalons qu'il a plantés, en ignorerai bien d'autres, les laisserai derrière moi sans regret, car on n'a pas besoin de suivre les chemins bien tracés, les autres aussi sont beaux à emprunter.

Il n'aura plus de prise sur moi que lorsque je l'appellerai, lorsque j'aurai besoin de sentir son regard calme, différent et radical. Alors, je le convoquerai dans des lieux dont je pourrai le chasser dès que je le voudrai, ils seront investis par moi, revêtus d'un sens nouveau s'ajoutant à l'ancien.

Quand je suis parti de Paris, ma mère m'a pris dans ses bras sans un mot. Voilà qu'on arrivait enfin à se parler en silence, uniquement avec la respiration et avec la force de l'étreinte. C'était bon et rassurant. Dans ses bras, je ressentais la proximité naissante, l'envie de se revoir. Son langage sans mots me disait qu'elle allait venir me rendre visite.

Elsa m'avait dit que me construire un lieu rien qu'à moi, ou même à nous deux, ce serait égoïste et qu'on risquait de s'enfermer. Pour elle, la cabane, les champs autour, la forêt étaient parfaits pour imaginer des vies nouvelles, on pourrait en faire profiter plein de gens. Des personnes qui avaient envie d'un autre modèle du bonheur. Ou plutôt de pas de modèle du tout. Ça leur ferait du bien de venir sentir l'air pas pareil et de mettre les mains dans la terre, de regarder le soleil se coucher sur un autre paysage que des barres d'immeubles.

On avait déjà prévu d'accueillir Philippe, cet été au plus tard. Peut-être avec Bangui. Ils nous rejoindraient par le train. Tous deux avaient besoin de se remettre de la destruction du Jardin, et à Philippe, cela ferait du bien de voir que lui et mon père avaient donné vie, à distance, à des idées pas si éloignées l'une de l'autre. On enverrait Marie-Louise les prendre à la gare, ou ils feraient du stop et on les attendrait au village.

Il faut toujours accompagner les nouveaux pour leur première montée, c'est à cet instant-là qu'on aperçoit le changement qui s'opère, à mesure que l'on grimpe et que l'air entre vraiment dans les poumons, pas comme en bas, où il en suffit d'un tout petit peu pour respirer. Et puis la lumière aussi change de couleur, d'intensité. A chaque fois, les nouveaux, on les voit qui s'ouvrent et qui comprennent. Ils ne savent pas forcément ce qui va arriver, mais ils sentent que quelque chose est en train de se jouer et que ça va les chambouler à coup sûr. Peut-être que leur vie ne va pas changer d'un coup, mais ce qu'ils auront senti là, la lumière restant sur leur rétine, va faire son chemin et les amener sur un nouveau sentier qu'ils finiront par emprunter lorsqu'ils seront prêts.

Quand Elsa parlait de tout ça, elle avait les yeux sauvages. Ceux de mon père, sans doute, quand il avait quitté son ancienne vie. Les yeux qui voient dans le noir.

Ce matin, trois mois après moi, elle a dû prendre une voiture vers la porte d'Italie. Des amis l'auront emmenée en direction du sud, vers le pied des montagnes. Elle aura dû faire du stop pour arriver dans notre vallée. Je vais l'attendre en bas, là où la route ne monte pas encore beaucoup. Si son sac est trop lourd, je l'aiderai à le porter, on pourra marcher sur les derniers kilomètres.

Nous arriverons au village d'abord, mais on ne s'arrêtera pas. On ne pensera qu'à la montagne. Nous n'aurons qu'à respirer à nouveau l'air qui enflamme, celui qui donne une nouvelle énergie aux membres engourdis, et fait apparaître les fantômes. Nous monterons à la cabane. Nos jambes en feu. Comme nos esprits. Ils auront commencé à s'embraser dès que nous aurons vu les sommets. Les cimes savent nous enflammer et c'est ce que nous attendons d'elles. Au-dessus de nous, il n'y aura plus que les arbres et le ciel magnifique. Peut-être un milan ou le faucon crécerelle, légers.

Nous nous installerons, et puis nous irons chercher les vaches. Les rassurer, qu'on ne les laissera plus tomber maintenant. On a compris, ça va, ne vous inquiétez pas. C'est d'ici qu'on est, d'ici que nous allons commencer à reconstruire le monde. Dans cette cabane de peu, où il nous faudra d'abord allumer un feu.

Les situations et les personnes dans ce livre sont fictionnelles, mais le personnage de Philippe doit largement à Olivier Pinalie et à son Jardin solidaire, qui a vraiment existé, au début des années 2000 à Paris, avant d'être rasé par les appétits immobiliers de la mairie d'arrondissement. Le livre d'Olivier Pinalie racontant l'histoire de ce coin de liberté, *Chronique d'un Jardin solidaire*, a été publié en juin 2016 aux éditions CNT-RP.

Remerciements

L'auteur tient à remercier chaleureusement pour leur relecture, leur aide et leur soutien Julia Beurq, Bruno Goffy, Annie Lechenet, Marc Sabot, Sophie et Fabien Habauzit, Alexandre Chenet, Karim El Hadj, Damien Favier et Sylvie Gracia.

Vous souhaitez en savoir plus sur les livres et les auteurs de la collection Terres de France ?

Retrouvez toutes les informations sur le site
www.collection-terresdefrance.fr
et abonnez-vous à notre lettre d'information.

Suivez-nous également sur notre page Facebook,
notre compte Twitter et Instagram.

Composition et mise en pages
Nord Compo à Villeneuve-d'Ascq

MIXTE
Papier
FSC FSC® C003309

Imprimé en France par CPI
en novembre 2020
N° d'impression : 161093
C19412/03